Charmed

Charmed

Zauberhafte Schwestern

Pforte ins Jenseits

Roman von
Bobbi J. G. Weiss & Jacklyn Wilson

Aus dem Amerikanischen
von Antje Görnig

Bibliografische Information Der Deutschen Bibliothek
Die Deutsche Bibliothek verzeichnet diese Publikation in der
Deutschen Nationalbibliografie; detaillierte bibliografische
Daten sind im Internet über http://dnb.ddb.de abrufbar.

Published by arrangement with Simon Pulse, an imprint of Simon
& Schuster Children's Publishing Division. All rights reserved.
No part of this book may be reproduced or transmitted in any form
or by any means, electronic or mechanical, including photocopying,
recording or by any information storage and retrieval system,
without permission in writing from the Publisher.

Erstveröffentlichung bei Pocket Books, New York 2003.
Titel der amerikanischen Originalausgabe: *Between Worlds*
von Bobbi J. G. Weiss & Jacklyn Wilson
Das Buch »Charmed – Zauberhafte Schwestern. Pforte ins Jenseits«
von Bobbi J. G. Weiss & Jacklyn Wilson entstand auf der Basis der
gleichnamigen Fernsehserie von Spelling Television, ausgestrahlt
bei ProSieben.

© des ProSieben-Titel-Logos mit freundlicher Genehmigung der
ProSieben Television GmbH

® & © 2003 Spelling Television Inc.
All Rights Reserved.

1. Auflage 2003
© der deutschsprachigen Ausgabe:
Egmont vgs verlagsgesellschaft mbH
Alle Rechte vorbehalten.
Lektorat: Almuth Behrens
Produktion: Wolfgang Arntz
Umschlaggestaltung: Sens, Köln
Titelfoto: © Spelling Television Inc. 2003
Satz: Kalle Giese, Overath
Printed in Germany
ISBN 3-8025-3263-5

Besuchen Sie unsere Homepage im WWW:
http://www.vgs.de

1

Die Wohnung war klein und penibel eingerichtet.

Die Couch, eine Fünfziger-Jahre-Reproduktion, hatte eine gerade Rückenlehne und eckige Armlehnen. Darauf reihten sich quadratische Chenille-Kissen, die alle dieselbe Größe und Farbe und jeweils den gleichen Abstand voneinander hatten. Einen Meter vor dem Sofa stand ein Couchtisch mit Glasplatte, auf dem – exakt in der Mitte – ein dickes Buch mit Ledereinband lag.

Sämtliche Blumen waren aus Seide. In dieser Wohnung gab es nichts, das welken und absterben konnte. Die Bücher auf den Regalen im Wohnzimmer waren so gut sortiert wie in einer Bücherei.

Tropfende Wasserhähne hatte das Badezimmer noch nie gesehen. Das Bett im Schlafzimmer war mit militärischer Präzision gemacht. Laken und Decke waren so straff gespannt, dass, würde man eine Münze darauf werfen, diese fast bis zur Zimmerdecke springen würde. In der Küche standen keine Gläser auf der Ablage, und nicht eine schmutzige Gabel lag neben der Spüle.

Jeder Raum war hell erleuchtet; überall brannte Licht, obwohl es mitten in der Nacht war. Das ganze Apartment war tipptopp.

Bis auf die Bewohnerin.

Eine junge Frau von höchstens Mitte zwanzig. Sie trug ausgebleichte, alte Jeans, abgewetzte Sneakers und ein Sweatshirt mit Fettflecken – und sie sah aus, als hätte sie seit Tagen weder geduscht noch die Kleidung gewechselt. Das blonde Haar stand ihr wirr um den Kopf, als hätte sie es in den letzten Tagen nur mit den Fingern gekämmt. Ihre Fingernägel waren bis aufs Fleisch abgekaut.

Und ihre Augen erst ...

Ihre Augen waren riesengroß und blutunterlaufen, der Blick fixiert auf das lederne Buch, das auf dem Couchtisch lag. Dieses Buch hatte sie erst morgens in den Müllcontainer vor dem Haus geworfen, wie schon am Tag zuvor. Und am Tag davor. An jedem Tag seit nun fast einer Woche. Seit sie aus dem Zauberladen nach Hause gekommen war und das Buch in ihrer Umhängetasche gefunden hatte. Daran erinnerte sie sich noch sehr gut.

Allerdings konnte sie sich nicht daran erinnern, es hineingesteckt zu haben.

Ich hätte diesen Laden nie betreten dürfen, dachte sie. Hätte ich es nicht getan, wäre das alles nicht passiert. Ich bin schwach geworden, und das habe ich jetzt davon. Wenn Jace hier wäre, dann ...

Bestürzt schlug sich die junge Frau die Hand vor die zitternden Lippen. Sie wollte nicht weinen. Nicht jetzt. Nicht nach so langer Zeit. Nicht, nachdem sie es fast ein ganzes Jahr lang geschafft hatte, ihren Schmerz zu verdrängen.

Denn Jace Fraser, ihr Verlobter, war nicht da. Das war das Problem.

Aber er hätte da sein können. Wenn ...

»Nein!«, rief die junge Frau energisch. Sie sprang von ihrem Stuhl auf, den sie mit der Rückenlehne an die Wohnungstür geschoben hatte. Den ganzen Tag hatte sie dort gesessen, damit nichts und niemand ohne ihr Wissen in die Wohnung gelangte.

Aber das Buch war trotzdem zu ihr zurückgekehrt. Wie auch immer.

»Ich werde diesen Weg nicht gehen!«, rief sie trotzig und schritt unruhig im Raum auf und ab. Dass sie mit sich selbst redete, kam ihr schon längst nicht mehr komisch vor – seit Tagen ging das nun so. Seit sie ihre Tasche geöffnet und das Buch darin gefunden hatte, das sich darin versteckt hielt wie eine Schlange in einem ausgehöhlten Baumstumpf.

Ein nur allzu passender Vergleich, denn die Abbildung eines eben solchen Tieres zierte den dicken Ledereinband.

Seitdem war es, als hätte sich in ihrem Kopf irgendein Anwalt des Teufels eingenistet, der sie zu Taten anstiftete, die ihr von allein nie in den Sinn gekommen wären. Dazu, Wege zu erforschen, von denen sie gar nicht wusste, dass es sie überhaupt gab. Sie hatte versucht zu widerstehen. Sie hatte es versucht, allein in ihrer Wohnung, seit fast einer Woche. Auf der Arbeit hatte sie sich krankgemeldet, was sie sonst nie tat. Sie wollte keinesfalls, dass jemand sah, wie die normalerweise so ordentliche, disziplinierte C.K. Piers sich aufführte wie bei den Dreharbeiten für eine Seifenoper in der Aufnahme einer Psychoklinik.

Aber ihre Widerstandskraft schwand. Das spürte sie ganz genau. Denn es gab etwas, das sie sich wünschte. Mehr als alles andere auf der Welt.

»Ich werde diesen Weg nicht gehen, nein! Hörst du mich?«, rief sie erneut. Vielleicht gelang es ihr ja, sich zu beherrschen, wenn sie diesen Satz nur laut und oft genug wiederholte.

Der Weg, den ihr die Stimme aufzwingen wollte, lief allem zuwider, an das C.K. glaubte. Allen ihren Ansichten in Bezug auf die Welt und sich selbst. Sie wusste nicht, warum sie die Gabe hatte, Dinge zu tun, die andere nicht tun konnten. Das wollte sie auch gar nicht wissen. Schließlich hatte sie diese Fähigkeit nie haben wollen.

Das hatte sie sich jedenfalls immer eingeredet.

Warum weigerst du dich so hartnäckig?, meldete sich da die Stimme zu Wort, die sie nun schon die ganze Woche quälte. *Du hast die Macht, warum setzt du sie nicht ein? Du kannst deine Gefühle nicht länger unter Verschluss halten. Das ist nicht gesund. Jeder Psychotherapeut wird dir das bestätigen.*

»Jede Therapeut*in*«, korrigierte C.K. automatisch. Als ob sie jemals bei einem Mann in Therapie gehen würde! Unbewusst raufte sie sich wohl zum tausendsten Mal die strähnigen Haare, als könne sie so die Stimme aus ihrem Kopf vertreiben.

Verschwinde! Warum gehst du nicht weg?, flehte sie innerlich. »Jace«, schluchzte sie dann unvermittelt auf.

Aber Jace will, dass du es tust, merkst du das denn nicht?, meldete sich die Stimme wieder. *Hör doch auf, dich zu wehren, und hilf ihm! Deine Verweigerung tut ihm weh. Ist es das, was du willst? Wenn ja, dann hast du ihn nicht besonders geliebt!*

»Das ist nicht wahr!«, schrie C.K. »Ich habe Jace geliebt. Ich meine, ich liebe ihn. Über alles. Das hat doch nicht aufgehört, nur weil er ...«

Tot ist! Die Stimme in ihrem Kopf fiel ihr schonungslos ins Wort. *Jace ist tot, C.K. Er ist vor einem Jahr gestorben. Aber du lässt ihn nicht in Frieden ruhen, weil du es nicht wahrhaben willst. Damit hilfst du keinem von euch. Es ist ein Jammer mit dir. Ich werde nie verstehen, was Jace an dir gefunden hat.*

C.K. liefen die Tränen über die Wangen und tropften ihr aufs Sweatshirt. Sie machte jedoch keine Anstalten, nach einem Taschentuch zu greifen. »Jace und ich waren Seelenverwandte«, flüsterte sie. »Er hat mich verstanden. Er ist der Einzige, der mich je verstanden hat. Wir waren füreinander bestimmt.«

Dann beweise es!, flüsterte die Stimme nun schmeichlerisch. *Führe den Zauber durch! Du hast alles, was du brauchst. Dann wirst du schon bald wieder mit Jace zusammen sein. Das ist es doch, was du willst? Deine Gabe einzusetzen, um dem Leiden ein Ende zu machen, ist nicht falsch, C.K. Ganz im Gegenteil, dazu ist sie da!*

C.K. blieb mit hängenden Schultern stehen. Warum um Himmels Willen wehre ich mich so dagegen?, fragte sie sich. Die Stimme hatte doch Recht. Es war gut und nicht böse, wenn sie ihre Gabe einsetzte, um das Leiden zu beenden. Besonders, wenn damit nicht nur ihr eigenes, sondern auch Jaces Leiden ein Ende nahm.

Und sie wollte Jace zurückhaben. Mehr noch, sie *brauchte* ihn. Jace war der Einzige, der sie geliebt hatte, so wie sie war. Und sie hatte ihn zum Dreh- und Angelpunkt ihres Lebens gemacht.

Ihre Kollegen hatten sich wahrscheinlich gewundert, wie gut sie das vergangene Jahr gemeistert hatte, seit Jace bei einem Autounfall ums Leben gekommen war. Aber das lag nur daran, dass C.K. niemandem offenbarte, wie sie sich fühlte: leer und einsam. Denn in Wahrheit war C.K. ohne Jace verloren. Sie brauchte ihn, wie sie die Luft zum Atmen brauchte.

Du hast die Mittel. Du hast die Macht, schoss es ihr durch den Kopf. Was ist eigentlich das Problem?

Nichts, dachte sie, und ihre Tränen versiegten. Es gibt gar kein Problem. Ich will Jace zurück. Ich muss ihn zurückhaben. Ich kann ohne ihn nicht leben. So ist das eben. Ende der Geschichte.

Kurz entschlossen ging C.K. in die Küche und griff nach dem Korb, der auf der Theke stand. Am Morgen hatte sie ihn zusammen mit dem Buch in den Müllcontainer geworfen. Nun war sie froh, dass er wieder in ihrer Wohnung war, denn er enthielt alles, was sie für den Zauber brauchte, mit dem sie Jace zurückholen konnte.

Nachdem sie den Korb ins Wohnzimmer getragen hatte, zog sie in allen Zimmern die Vorhänge zu und löschte das Licht. Nur die Vorhänge hinter dem Couchtisch ließ sie offen. Das bläulich-weiße Licht des fast vollen Mondes fiel durch das Fenster auf das dicke Buch. Die Schlange auf dem Ledereinband schien sich in dem seltsamen Dämmerlicht zu winden, als sei sie lebendig.

Besonnen und mit großer Präzision ging C.K. zu Werke. Sie kniete sich vor dem Couchtisch auf den Boden und holte verschiedene Dinge aus dem Korb, um einen improvisierten Altar zu errichten, an dem sie den Zauber durchführen wollte.

Zuerst legte sie ein mittelgroßes Schneidebrett aus Holz auf den Boden. Darüber breitete sie ein Tuch aus indigoblauer Seide, das mit goldenen Monden und silbernen Sternen bestickt war. Als Nächstes stellte sie einige Votivkerzen in transparenten Haltern auf. Schwarz. Weiß. Violett. Blau. Orange. C.K. wusste nicht genau, was die verschiedenen Farben bedeuteten. Als sie vor der Auslage des Zauberladens stand, hatte sie jedoch gespürt, dass sie genau diese Kerzen kaufen musste.

Dann legte sie einige Dinge aus der Natur dazu, denn die Natur musste sie erobern – wenn auch nur für einen Augenblick –, sollte ihr Zauber erfolgreich sein.

Ein leuchtend grüner Malachit, der das Element Erde symbolisierte. Für die Luft die Schwanzfeder eines Vogels, die dieser im Flug verloren hatte. Wasser aus der San Francisco Bay. Ein Räucherkegel mit Sandelholzduft für das Feuer. Seine Spitze glühte nach dem Anzünden, und geisterhaft breitete sich das Aroma im Raum aus. Nun verstreute C.K. noch einige intensiv duftende Rosmarinblätter, das Kraut der Erinnerung, auf ihrem Altar. Jetzt fehlte nur noch eines.

Sie stellte das Foto eines jungen Mannes in die Mitte, und ihre Finger zitterten kaum merklich, als sie es zurechtrückte. Er hatte ein offenes, freundliches Gesicht und lächelte in die Kamera.

Jace Fraser. Der Mann, den sie liebte. Der viel zu früh gestorben war. Unerwartet.

Aber das sollte sich jetzt ändern.

C.K. wandte sich dem Buch zu. Sie streckte die Hände aus, zog sie jedoch kurz darauf erschreckt zurück. Das Herz schlug ihr bis zum Hals. Dann entfuhr ihr ein ersticktes Lachen, und ihre Anspannung löste sich.

An solche Sachen sollte ich mich mittlerweile gewöhnt haben, dachte sie.

Das Buch war von allein aufgeklappt, als wüsste es, welche Zauberformel sie benötigte.

C.K. beugte sich vor und studierte konzentriert die aufgeschlagene Seite. Links waren zwei Figuren abgebildet, deren Gesichter nicht zu erkennen waren. Ihre Umarmung war so inniglich, dass es fast aussah, als wären sie eins. Rechts standen vier Textzeilen in kunstvoller Schrift. Die Überschrift war noch verschnörkelter und reich verziert:

»Zauberformel zur Wiederherstellung eines gebrochenen Herzens.«

C.K. wusste nur zu gut, was »gebrochen« bedeutete. Zerrissen. Zerstört.

Genau das war ihr Herz seit Jaces Tod. Ihn zurückzuholen, war die einzige Methode, die ihr einfiel, um es wieder zu kitten, um es wieder ganz zu machen. Mit einem letzten Blick auf das Foto holte C.K. tief Luft und begann, die Formel aufzusagen:

Atem der Lüfte, des Feuers Macht,
gewährt mir eine Bitte in dieser Nacht!
Was einst verloren, bringt mir wieder her,
Leib der Erde, Tränen im Meer.

Als sie fertig war, verspürte C.K. einen unglaublichen Energiestoß. Es funktionierte! Jace musste jeden Augenblick auftauchen. Erwartungsvoll sah sie sich um.
Nichts.
Oh nein!, dachte sie. Es muss doch funktionieren! Es muss einfach!
Wieder sagte sie die Formel auf. Und noch ein drittes und ein viertes Mal. Sie hatte das Gefühl, die Haare stünden ihr zu Berge, so sehr hatten diese sich mit Elektrizität aufgeladen. Es war stickig und heiß in der Wohnung, wie vor einem Gewitter. Aber immer noch keine Spur von Jace.
Wie schon in den vergangenen dreihundertfünfundsechzig Tagen war C.K. Piers ganz allein.
Die ganze Nacht lang sagte sie die Formel auf. Immer wieder. Wie in Trance schaukelte sie auf den Knien vor und zurück, während die Flammen der heruntergebrannten Kerzen in dem geschmolzenen heißen Wachs versanken und erloschen und der Mond seine Bahn über den Himmel zog. Als sie heiser wurde, bewegte sie nur noch die Lippen.
Trotz alledem geschah nichts. Gar nichts.
Kurz vor Sonnenaufgang reichte es ihr. Sie hatte alle Regeln verletzt. Sie hatte ihre Macht benutzt. Eine Zauberformel gesprochen. Und es hatte nicht funktioniert. Es würde nie funktionieren. Sie würde für immer allein bleiben.
Mit einem Schrei der Verzweiflung fegte C.K. alle Gegenstände von ihrem improvisierten Altar und stieß den Couchtisch um. Das Buch schlitterte über den Boden. Plötzlich konnte sie den Anblick ihrer sauberen, aufgeräumten Wohnung – Symbol für ihr trauriges Leben, für ihr Versagen – nicht mehr ertragen.
Ich muss hier raus!, war ihr einziger Gedanke.
C.K. stolperte zur Tür und riss sie auf. Der Stuhl, den sie

davor gestellt hatte, flog durch die Luft. Sie hörte ihn nicht einmal mehr auf den Boden aufschlagen, so sehr war sie außer sich. Sie knallte die Tür zu und lief so schnell ihre müden Beine sie trugen hinaus in die kalte, graue Morgendämmerung von San Francisco.

In der Wohnung war alles ruhig. Obwohl das schwache Morgenlicht bereits durchs Fenster fiel, regierte in den Ecken und Winkeln noch die Dunkelheit. Die meisten Menschen hielten Mitternacht für die gruseligste, gefährlichste Zeit, weil dann die Finsternis am stärksten war und alles einnahm.

Doch diese Menschen irrten sich.

Jene Dunkelheit, die am längsten ausharrte, besaß die größte Kraft. Die Schatten, denen nur das direkte Sonnenlicht etwas anhaben konnte, waren es, um die man sich sorgen musste. Und von diesen Schatten gab es in der Wohnung von C.K. Piers sehr viele.

Das war nicht verwunderlich, denn sie hatte sie alle heraufbeschworen.

Das Buch lag da, wo es nach ihrem Wutanfall gelandet war: halb unter der Couch, immer noch aufgeschlagen. Wäre jemand im Raum gewesen, hätte er beobachten können, wie plötzlich die Seiten umgeblättert wurden, als streiche ein leichter Wind über sie hinweg. Und mit den Buchseiten bewegten sich auch die Schatten.

Sie kamen aus den Ecken und wirbelten umher wie die Flocken in einer heftig geschüttelten Schneekugel. Immer schneller wirbelten sie und zerstörten die sorgfältige Ordnung in C.K.s Wohnung von Grund auf. Seidenblumen kippten um, Bücher flogen aus den Regalen. Sogar die Couch bewegte sich, und als sie in Richtung Wand rutschte, lag das Buch offen auf dem Boden.

Nun stand nichts mehr zwischen dem Buch und den Schatten.

Sofort fegten sie herbei und beugten sich darüber. Auf wundersame Weise veränderte sich daraufhin der Wirbelsturm, und im raschen Wechsel wurde eine Fülle von Gestalten sichtbar, die kurz auftauchten und wieder verschwanden.

Aber schließlich fügten sie sich zu einer deutlich sichtbaren menschlichen Gestalt zusammen.

Als wäre dies ein Zeichen, knallte das Buch zu. Die Schatten behielten ihre menschliche Form. Ein Beobachter hätte bemerkt, wie die Gestalt den Bruchteil einer Sekunde im Raum verharrte. Dann rauschte sie mit einem Aufschrei der Verzweiflung, der wie das Echo von C.K.s Schrei klang, durch die geschlossene Wohnungstür nach draußen.

Hätte jemand zugesehen, wäre ihm sicherlich nicht entgangen, wie die Schlange auf dem Ledereinband des Buches ihr Maul zu einem triumphierenden Lachen aufriss.

Aber es sah niemand zu.

Jedenfalls niemand, der lebendig war.

2

*P*ERFEKT!, FREUTE SICH PIPER HALLIWELL.

Flink und geschickt manövrierte sie ein heißes Blech, das frisch aus dem Backofen kam, durch die Küche. Darauf lagen kleine, runde Kuchenteilchen, die mit etwas verziert waren, das stark an Finger erinnerte. An Skelettfinger. Piper stellte das Blech zum Abkühlen auf einen Gitterrost und trat zurück, um ihr Werk zu begutachten.

Die Teilchen waren der Hit. Eigentlich gab es nur wenig in der Küche, woran Piper keinen Spaß hatte – abgesehen von Ofenschrubben und Kühlschranksaubermachen vielleicht –, aber am allerliebsten probierte sie neue Rezepte aus. Weil Halloween war, hatte sie sich für *pan de muerto* entschieden: Totenbrot – daher die Skelettfinger.

Das Gebäck war als Belohnung für das Personal des *P3* gedacht, ihres Nachtclubs. Jedes Jahr fand dort eine Halloween-Party statt, bei der ihre Leute ziemlich auf Trab gehalten wurden. Und wenn es im *P3* stressig wurde, dann machte sich die Chefin höchstpersönlich hinter den Kulissen zu schaffen. Die Leckereien, die Piper so häufig mitbrachte, um ihre Dankbarkeit zu zeigen und für moralischen Auftrieb zu sorgen, waren beim Personal heiß begehrt.

Zufrieden mit dem Ergebnis ihres jüngsten Experiments nahm Piper die Teilchen vom Backblech, stellte es zur Seite und warf einen raschen Blick in den Ofen. Die nächste Fuhre brauchte noch ein paar Minuten. Sie konnte sich also in Ruhe an den Tisch setzen, ihren Kaffee trinken und die Morgenzeitung lesen, den *San Francisco Chronicle*. Auf der Titelseite war ein Artikel über eine Serie merkwürdiger Vorfälle, die der Polizei Rätsel aufgaben.

Kein Wunder!, dachte Piper. In den vergangenen Tagen waren mehrere Häuser und Bauwerke in der ganzen Stadt, zwischen denen scheinbar kein Zusammenhang bestand, verwüstet und zerstört worden. Immer auf dieselbe Weise.

Sie waren geschmolzen, um genau zu sein.

Die Ermittlungen waren noch in vollem Gange, was keine Überraschung war.

Piper nahm einen Schluck Kaffee und starrte stirnrunzelnd auf die Schwarz-Weiß-Fotos von den zerstörten Gebäuden. Da sich, wie immer bei derartigen Katastrophen, viele Schaulustige am Ort des Geschehens tummelten, war es schwer, Details zu erkennen – aber Piper hatte ihr ganzes Leben in San Francisco verbracht und wusste sehr genau, was alles nötig war, um ein Gebäude in einem erdbebengefährdeten Gebiet zu bauen. Beton und armdicke Verstärkungen aus Stahl zum Beispiel.

Wie in dem Zeitungsartikel zu lesen war, bestand das größte Problem der Polizei zurzeit darin, dass niemand wusste, wer oder was solche Baumaterialien zum Schmelzen bringen konnte, ohne auch nur die kleinste Spur zu hinterlassen. Dieses Problem hatte Piper nicht. Ihr fielen auf Anhieb mehrere dämonische Möglichkeiten ein. Aber sie verfügte schließlich auch über gewisse Grundkenntnisse, die selbst dem gewieftesten Polizisten fehlen mussten.

Piper war eine mächtige Hexe. Sie und die beiden jüngeren Halliwells waren die *Zauberhaften*.

»Ich hoffe, du willst diese Backwerke nicht ernsthaft den Kindern anbieten, die heute Abend hier klingeln«, hörte Piper da ihre Schwester Phoebe sagen. Gleichzeitig schrillte wie aufs Stichwort die Backofenuhr. »Was auch immer das sein soll ...«

»Totenbrot«, erklärte Piper und ging zum Ofen. Als sie das Blech herausholte, ließ Phoebe sich auf Pipers Stuhl fallen und nahm rasch einen Schluck von ihrem Kaffee.

»Wir haben noch mehr Tassen im Haus«, bemerkte Piper und stellte das zweite Blech zum Abkühlen zur Seite. Dann belegte sie das erste Blech, das mittlerweile kalt geworden war, und schob es in den Ofen. »Und Kaffee ist auch noch da. Ich habe eine ganze Kanne gekocht.«

»Ich bin noch nicht wach«, protestierte Phoebe und nahm einen Schluck. »Das hier ist sicherer. Mit einer vollen Tasse würde ich wahrscheinlich rumkleckern. Und das willst du doch nicht, oder? Dann hättest du nur noch mehr Arbeit.«

Gutmütig verdrehte Piper die Augen. Schon immer war sie die Frühaufsteherin gewesen, während man Phoebe praktisch mit dem Brecheisen aus dem Bett holen musste. Körperlich war ihre Schwester zwar anwesend, aber Piper wusste, es dauerte noch einige Minuten, bis Phoebes Gehirn sich zuschaltete.

»Probier mal!«, bot sie an, schob eines von den frisch gebackenen Teilchen auf einen Teller und stellte ihn Phoebe hin. »Das hilft beim Wachwerden!«

Phoebe wollte gerade hineinbeißen, da entdeckte sie die Garnierung, stieß einen erstickten Schrei aus und ließ das Teilchen auf ihren Teller fallen. »Bitte sag mir, dass das keine Finger sind!«

»Das kann ich leider nicht«, entgegnete Piper und verkniff sich ein Grinsen. »Aber ich kann dir versprechen, dass es keine echten sind.«

Phoebe schüttelte sich. »Jetzt ist es endlich so weit, nicht wahr?«

»Was?«

»Du hast den Verstand verloren. Wegen akuter Häuslichkeit. Ich hab's ja geahnt, dass das einmal dein Untergang sein wird!«

»Das erklärt wohl auch, warum du gestern Abend das größte Stück Lasagne gegessen hast«, erwiderte Piper zuckersüß. »Es war sogar größer als das von Leo oder Cole! Als hättest du Angst gehabt, es könnte dein letztes sein!«

»Es *war* mein letztes«, erklärte Phoebe. »Ich habe Finger auf meinem Frühstück – kaum auszudenken, was da erst alles in deiner Lasagne gewesen sein könnte!«

Piper lachte und schenkte sich eine Tasse Kaffee ein. Fürsorglich füllte sie auch Phoebes Tasse auf und stellte die Kanne wieder auf die Wärmeplatte der Kaffeemaschine. Dann setzte sie sich neben ihre Schwester, nahm ein Teilchen, biss ein großes Stück ab und legte es wieder auf den Teller.

»Igitt!«, machte Phoebe.

Piper schüttelte den Kopf. Sie hatte den Mund noch voll, aber ihre Augen leuchteten. »Ganz im Gegenteil«, seufzte sie genießerisch, als sie wieder sprechen konnte. »Ich würde sagen, das ist ziemlich lecker. Du kennst doch *pan de muerto*, Phoebe! Das kann man zu dieser Jahreszeit in allen mexikanischen Bäckereien der Stadt kaufen. Das ist eine Tradition zu Allerheiligen.«

Das mexikanische Fest zu Ehren der Toten war eigentlich mehr als eine Ein-Tages-Veranstaltung; es begann vor Halloween und ging danach noch weiter. Manche Menschen nördlich der Grenze fanden Bräuche wie gezuckerte Totenschädel, mit Fingern garnierte Teilchen und Girlanden mit Skeletten zwar befremdlich, aber Piper hatte Freude daran. Besonders gut fand sie, dass die Toten bei diesem Fest im Vordergrund standen. Sie wurden geehrt, und man gab ihnen das Gefühl, willkommen zu sein.

Wie Piper aus Erfahrung wusste, hörte man nicht auf, einen Menschen zu lieben, nur weil er tot war, und wenn jemand starb, verwandelte er oder sie sich nicht zwangsläufig in ein gruseliges Monster.

»Das ist ja auch etwas anderes, als sie morgens als Erstes vorgesetzt zu bekommen«, murmelte Phoebe finster. Aber dann gab sie dem Teilchen noch eine Chance und biss hinein. Nachdenklich kaute sie eine Weile, dann nahm sie noch einen Bissen. »Okay«, sagte sie, nachdem der letzte Happen in ihrem Mund verschwunden war, »du hast mich überzeugt. Die Leute im *P3* werden total drauf abfahren.«

Piper gab Phoebe einen kleinen aufmunternden Klaps auf den Kopf. »Siehst du?«, rief sie. »Ein bisschen Koffein ... ein paar Kohlenhydrate – ich wusste doch, dass wir dieses Gehirn in Gang kriegen.«

Phoebe verzog das Gesicht und griff nach ihrer Kaffeetasse. »Ich liebe es, wenn du mich wie einen Trottel behandelst.«

In diesem Moment meldete sich die Backofenuhr zu Wort, und Piper widmete sich wieder ihrer Aufgabe als Bäckerin. Phoebe trank unterdessen ihren Kaffee aus. Nach einer Weile kehrte ihre Schwester an den Tisch zurück. Nun starrte Phoebe auf den Artikel, in den diese sich zuvor vertieft hatte. Sie tippte mit dem Zeigefinger auf das Foto.

»Hast du auch so ein brenzliges Gefühl?«

»Darauf kannst du wetten.« Phoebe nickte. »Aber ich weiß nicht genau, warum. Abgesehen von der ziemlich eindeutigen Tatsache, dass schmelzende Gebäude nicht normal sind.«

Piper sah auf Phoebes Finger, die am Rand der Titelseite knibbelten. »Keine ... du weißt schon ...?«

»Vision?«, fragte Phoebe und lächelte ihre Schwester entschuldigend an. »Bisher noch nicht. Tut mir Leid.«

Jede der Halliwell-Schwestern hatte eine einmalige Gabe, eine besondere Fähigkeit, und ihre Macht wuchs noch, wenn sie ihre Kräfte vereinten. Piper konnte die Zeit anhalten und mit einer kleinen Handbewegung Dämonen vernichten. Phoebe hatte Visionen, die oft wichtige Hinweise darauf enthielten, wie die Herausforderungen zu bewältigen waren, vor denen sie standen, wenn sie ihrer Hauptaufgabe als Hexen nachgingen: dem Schutz Unschuldiger.

Zusätzlich hatte Phoebe sich, mithilfe ihres Verlobten Cole Turners, zu einer erstklassigen Kämpferin gemausert. Cole war ein Ex-Dämon, dessen Mission es gewesen war, die *Zauberhaften* zu vernichten. Zum Glück für alle Beteiligten hatten Phoebe und er sich ineinander verliebt, was dem Zerstörungsszenario ein definitives Ende bereitet hatte.

Die jüngste der *Zauberhaften* war Paige Matthews, die Halbschwester von Piper und Phoebe. Paiges besondere Gabe – sie konnte orben, das heißt sich und andere und jeden beliebigen Gegenstand an einen anderen Ort versetzen – war auf ihre ungewöhnliche Abstammung zurückzuführen. Ihr Vater war ein *Wächter des Lichts* gewesen. Pipers Ehemann Leo Wyatt, der als ein ebensolcher Wächter für die Zauberhaften zuständig war, machte die Familie komplett.

»Findest du, ich sollte mir die Schauplätze mal ansehen?«, fragte Phoebe. »Ich meine, wie ernst sollen wir diese Sache nehmen?«

»Sehr ernst!«, antwortete jemand.

Piper und Phoebe fuhren auf.

»Muss er das eigentlich jedes Mal machen?«, beschwerte sich Phoebe.

Obwohl sie sich genauso erschreckt hatte wie ihre Schwester, grinste Piper. »Eigentlich ja.«

Sie drehten sich zu dem Neuankömmling um. Der Lichterwirbel, der sich beim Orben zeigte, fing bereits an zu verblassen. Pipers Mann Leo konnte Räume zwar auf dieselbe Weise betreten und verlassen wie andere – was er normalerweise auch tat –, aber wenn er im Dienst war und den *Hohen Rat* aufsuchen musste, orbte er ein und aus. Eine andere Möglichkeit, dorthin zu gelangen, gab es auch gar nicht.

Ein Blick auf das Gesicht ihres Mannes verriet Piper, dass Schwierigkeiten im Anmarsch waren. Leo konnte zwar mit seinem Lächeln einen ganzen Raum erhellen, aber meistens war sein Gesichtsausdruck eher ernst. Und momentan sah er besonders besorgt aus.

»Weißt du etwas, das wir auch wissen sollten?«, fragte Piper sofort.

»*Etwas*.« Leo nickte. »Leider nicht genug. Wir müssen uns über diese geschmolzenen Gebäude unterhalten. Der *Hohe Rat* meint –«

»Leute!«, unterbrach ihn jemand. Kurz darauf streckte Paige den Kopf zur Küchentür herein. Sie hatte einen schwarzen Hexenhut auf dem Kopf. Als wäre das nicht genug, hatte sie noch ein paar Zähne schwarz bemalt und sich eine Warze an die Nase geklebt. Offensichtlich war sie schon ganz in Halloween-Stimmung.

»Du hast wohl eine ziemliche Schwäche für Klischees?«, bemerkte Phoebe.

Paige ignorierte sie. »Da läuft was in den Nachrichten, das solltet ihr euch mal ansehen!«, erklärte sie mit angespannter Stimme. »Es ist schon wieder was geschmolzen.«

3

»Angesichts der bizarren Welle der Verwüstung in der Stadt steht die Polizei weiterhin vor einem großen Rätsel«, berichtete der Reporter vom *Channel 5*. »Die jüngste Katastrophe ...«

Die Kamera schwenkte nach oben auf ein Gewirr aus Metall, das aussah wie eine Mischung aus einer New-Age-Skulptur und einem Haufen Schlacke.

»Hey!«, rief Phoebe plötzlich. »Ich weiß, was das ist! Ich meine, was das war. Es ist –«

»Die Statue vor der *First State Bank* im Stadtzentrum«, kam ihr der Reporter zuvor. »Der Vorfall muss sich in der Nacht ereignet haben. Es ist der dritte Anschlag in Folge seit dem 28. Oktober. Während die Polizei noch nicht ausschließen will, dass es sich um üble Streiche handelt, die mit Halloween zu tun haben ...«

Die Kamera fing die schockierten Gesichter der Umstehenden ein. Eine zerzauste junge Frau mit glasigem Blick und leicht geöffnetem Mund kam ins Bild, bevor die Kamera auf den tadellos gekleideten Geschäftsmann neben ihr schwenkte.

»... wächst zugleich die Besorgnis, dass etwas anderes hinter diesen Anschlägen steckt. Aber dazu will die Polizei noch nichts sagen. Unterdessen zeigen sich die Bürger von San Francisco sehr beunruhigt. Man fragt sich, welches Bauwerk in der unmittelbaren Nachbarschaft wohl als Nächstes geschmolzen ist, wenn die Sonne morgen früh wieder aufgeht. Chen Hao live aus der Innenstadt für *Channel 5*.«

Rasch zappte Paige durch die anderen Regionalsender, die alle mehr oder weniger das Gleiche berichteten. Sobald klar war, dass keine neuen Informationen dazukamen, schaltete sie den Fernseher aus. Als hätten sie sich abgesprochen, drehten sie, Phoebe und Piper sich gleichzeitig zu Leo um.

»Deshalb wollte dich der *Hohe Rat* gleich heute Morgen sehen?«, vermutete Piper.

Leo nickte.

»Wieso?«, hakte Paige nach. »Seit wann interessieren die sich für die Zerstörung von irgendwelchen Gebäuden und Statuen?«

»Seit sie vermuten, dass es *nicht* irgendwelche sind«, entgegnete Leo.

»Ich wusste es«, stöhnte Piper, bevor Leo weiterreden konnte. Dann warf sie Phoebe einen bedeutungsvollen Blick zu. »Habe ich es nicht gesagt? Ich wusste, dass das wieder eine brenzlige Angelegenheit wird.«

»Das hast du gesagt«, bestätigte Phoebe und sah den Mann ihrer älteren Schwester an. »Dann lautet vermutlich die Frage der Stunde: Wie schlimm brenzlig ist das Ganze?«

Leos ohnehin schon besorgtes Gesicht wurde noch ernster. »Schlimmer geht's nicht.«

Ernüchtert ließ sich Paige auf den nächstbesten Stuhl fallen, wobei die breite Krempe ihres Hexenhuts auf und ab wippte. »Das kann ja heiter werden!«

»Warum ist der *Hohe Rat* denn so besorgt?«, wollte Piper wissen.

Leo setzte sich auf die Couch und legte die Hände auf die Knie. Piper und Phoebe nahmen ihm gegenüber Platz, und schon sah Leo sich mit drei besorgten Gesichtern konfrontiert.

»Wichtig ist, was die zerstörten Bauwerke eigentlich darstellen, und nicht, was sie für uns sind«, antwortete Leo düster. »Die Zerstörung des ersten Schlüssels hätte noch Zufall sein können, die des zweiten vielleicht auch. Aber seit heute Morgen der dritte entdeckt wurde –«

»Moment mal, Leo, was für Schlüssel?«, unterbrach ihn Phoebe. »Ich verstehe kein Wort. Noch mal von vorn bitte und schön langsam!«

»Tut mir Leid, da war ich wohl etwas zu schnell«, sagte Leo. »Der Morgen war wirklich merkwürdig. Ich habe den *Hohen Rat* natürlich schon öfter besorgt erlebt. Ich meine, wenn man es genau nimmt, ist ›besorgt‹ praktisch sein Modus operandi. Aber normalerweise hat er die Dinge doch ziemlich gut im Griff. Diesmal allerdings ...«

Er verstummte, und eine tiefe Falte erschien auf seiner Stirn.

Phoebe, Paige und Piper tauschten einen Blick.

»Die Schlüssel, Leo!«, half Phoebe dem *Wächter des Lichts* nach einer kleinen Pause auf die Sprünge.

»Was?« Leo fuhr auf. »Oh ja, die Schlüssel. Wo war ich stehen geblieben? Es geht nicht um die geschmolzenen Bauwerke an sich. Bedeutend sind sie allein deshalb, weil sie die Schlüssel wichtiger Pforten sind.«

»Pforten, das sind Durchgänge, ja?«, fragte Paige.

»Richtig«, entgegnete Leo. »Und diese Pforten führen in die Geisterwelt, in das Reich der Toten. Wenn alles funktioniert, wie es soll, dann sind die Welt der Lebenden und die der Toten durch eine Energiebarriere voneinander getrennt. Nur die Pforten führen durch diese Barriere. Von der Welt der Toten aus sind sie leicht zu erkennen, und in der Welt der Lebenden markieren die Schlüssel ihre Standorte. Als Schlüssel kann jedes x-beliebige Bauwerk fungieren, das sich zufällig an der Stelle befindet, wo eine Pforte ist. Deshalb erkennen wir keinen Zusammenhang zwischen den Anschlägen, aber es gibt ihn.«

»Also attackiert irgendjemand ausgerechnet an Halloween die Pforten zwischen den Lebenden und den Toten«, schlussfolgerte Piper.

»Richtig«, sagte Leo wieder.

»Zu dieser Jahreszeit gibt es sowieso einen ziemlich regen Wechsel von der einen Welt in die andere, nicht wahr?«, meinte Paige. »Jedenfalls von der Welt der Toten in die der Lebenden. Das ist ja der Ursprung der alten Feste, aus denen sich die neuen, wie zum Beispiel Halloween, entwickelt haben. Könnten die Ereignisse irgendetwas damit zu tun haben?«

»Das könnten sie«, bestätigte Leo. »Der einunddreißigste Oktober, also heute, hieß ursprünglich *All Hallows' Eve*, der Tag vor Allerheiligen. Und im Gegensatz zu der heute weit verbreiteten Anschauung ist er eigentlich weitgehend geisterfrei. Allerheiligen, also der erste November, ist der Tag, an dem die Seelen der toten Kinder in das Reich der Lebenden zurückkehren. Die Erwachsenen kehren am zweiten November zurück, an Allerseelen.«

»Und am dritten November sind alle wieder da, wo sie hingehören, und alles ist wieder normal – so normal wie möglich jedenfalls«, nahm Phoebe den Faden auf. »Warum werden die Pforten denn zerstört, wenn die Toten doch sowieso kommen und gehen?«

»Das ist die Eine-Million-Frage«, antwortete Leo. »Wenn ich einen Tipp abgeben dürfte, würde ich sagen, es geht bei den Anschlägen eher um das Gehen als das Kommen.«

Unter der Krempe ihres Hexenhuts runzelte Paige die Stirn. »Und das glaubst du, weil ...?«

»Weil die Pforten von unserer Seite der Energiebarriere her zerstört werden«, erklärte Leo.

Phoebe setzte sich auf. »Von unserer Seite? Aber das ergibt doch keinen Sinn! Es ist doch viel wahrscheinlicher, dass etwas auf der anderen Seite die Türen hinter sich zuknallt. Irgendein Dämon vielleicht.«

»Das könnte man tatsächlich denken«, pflichtete Leo ihr bei. »Aber leider ist dem nicht so. Deshalb ist der *Hohe Rat* ja so besorgt. Die Angriffe werden definitiv von dieser Seite der Energiebarriere aus gestartet, von etwas sehr Großem und Bösem, das der *Hohe Rat* noch nicht identifizieren konnte. Deshalb ist ja auch noch nicht klar, welches Motiv hinter den Zerstörungen steckt. Wir müssen dringend herausfinden, womit wir es zu tun haben!«

»Sieht ganz so aus, als sollten wir das *Buch der Schatten* konsultieren«, sagte Paige.

»Das meine ich auch«, stimmte Leo ihr zu. »Ich hoffe, du und Phoebe, ihr kümmert euch darum.«

»Machen wir.« Paige nickte. »Sonst noch was?«

»Ich werde mir die Orte der Zerstörung selbst ansehen, vielleicht bringe ich so etwas in Erfahrung«, erklärte Leo. »Phoebe, sprich bitte auch mit Cole. Vielleicht fällt ihm ein Dämon ein, der für die Schäden verantwortlich sein könnte.«

»Wird erledigt.«

»Und was ist mit mir?«, wollte Piper wissen.

»Du gehst am besten ins *P3*«, entgegnete Leo. »Du hast viel zu tun, und es ist Unsinn, wenn wir uns alle von der Arbeit abhalten lassen, bevor wir überhaupt wissen, was los ist.«

»Okay«, willigte Piper ein und alle standen auf. »Obwohl ich mir dabei wie ein Drückeberger vorkomme.«

Leo fasste sie liebevoll an den Schultern, aber sein Gesicht blieb ernst. »Irgendwie habe ich das Gefühl, dass du dir darüber nicht mehr lange den Kopf zerbrechen musst.«

»Ich habe befürchtet, du würdest so etwas sagen.«

Zum ersten Mal an diesem Morgen hellte sich Leos Miene auf. »Soll das etwa heißen, ich bin berechenbar geworden?«

»Was glaubst du denn? Du alter verheirateter Kerl!«, schmunzelte Piper.

Auf Leos Gesicht erschien der Anflug eines Lächelns. »Brenzlig, brenzlig!«

Ihr war kalt. Sehr, sehr kalt. Und sie war müde. Seit wann hatte sie nichts mehr gegessen? Wann das letzte Mal geschlafen? Sie konnte sich nicht erinnern. Aber das war sowieso egal. Alles war egal, seit sie versucht hatte, von ihrer Macht Gebrauch zu machen, und so erbärmlich versagt hatte.

Erbärmlich. Ja, genau das war sie.

Komm schon, C.K., reiß dich am Riemen!, sprach sie sich Mut zu. Gib nicht auf, du bist noch nicht am Ende. Es gibt noch viel zu tun.

Aber was? Müde schleppte sie sich durch die Stadt. Was konnte sie denn noch tun? Ihr taten die Füße weh. Irgendwann, sie konnte sich gar nicht mehr genau entsinnen, waren ihre Sneakers nass geworden, und sie hatte Blasen an den Zehen bekommen. Ihre Beine brannten, als wäre sie tagelang marschiert.

Was sollte sie denn noch tun? Warum konnte sie nicht einfach nach Hause gehen und sich ausruhen?

Nein!, schritt die Stimme in ihrem Kopf ein, und C.K. durchfuhr ein stechender Schmerz. *Du hast es noch nicht geschafft, C.K. Wir haben es noch nicht geschafft. Du musst weitermachen.*

»Mache ich ja!« C.K. schluchzte laut auf und bekam gar nicht mit, wie die Leute, die ihr entgegenkamen, vor ihr zurückwichen. So, wie sie aussah, wollte ihr niemand zu nahe kommen. »Ich mache ja, was du sagst. Aber tu mir bitte nicht mehr weh!«

Natürlich nicht, tröstete die Stimme. *Ich will dir doch gar nicht wehtun, C.K. Aber du lässt mir keine andere Wahl, solange du dich widersetzt. Ich lasse die Schmerzen verschwinden, wenn du dich exakt an das hältst, was ich dir sage.*

»Das mache ich.« C.K. schluchzte erneut. »Ich verspreche es.« Die Schmerzen hörten abrupt auf.

So ist es besser, nicht wahr?, fragte die Stimme. *Geh einfach weiter, C.K. Es ist nicht mehr weit.*

»Aber was soll ich da?«, wunderte C.K. sich laut.

Mach dir keine Gedanken, kam die Antwort. *Überlass das alles mir. Wenn du da bist, wirst du es erfahren.*

4

»Tja, das war's dann wohl! So viel zum Thema ›nicht von der Arbeit abhalten lassen‹!«, murmelte Piper.

Als sie beim *P3* angekommen war, befand sich das ganze Viertel in Aufruhr. Die Polizeiabsperrung am Ende der Straße war der erste Hinweis darauf gewesen, dass etwas nicht stimmte. Beim Anblick der Streifenwagen hatte Piper gleich so ein komisches Gefühl in der Magengrube gehabt. Sie wünschte, Leo wäre bei ihr. Sicher, eine Polizeiabsperrung konnte alles Mögliche bedeuten. Etwas ganz Harmloses zum Beispiel, etwa einen Rohrbruch.

An einem Tag wie Halloween hätten theoretisch auch Schweine plötzlich fliegen können, aber irgendwie hielt Piper das für unwahrscheinlich. Die Menschenmassen, die sich an der Absperrung drängten, ließen nur einen Schluss zu. Piper schwante Böses.

Es war wieder etwas geschmolzen. Ein weiterer Schlüssel, eine weitere Pforte. Aber wo?

In Windeseile setzte die Hexe den SUV der Halliwells in eine Parklücke. Fast hätte ihr ein Ü-Wagen vom Fernsehen den Platz vor der Nase weggeschnappt. Sie stieg aus und bahnte sich einen Weg zum nächstbesten Uniformierten. Bevor dieser sie schließlich durchließ, musste sie einige Minuten auf ihn einreden. Erst, als sie sich offiziell als Piper Halliwell ausweisen konnte, durfte sie passieren.

Sie hatte das Recht dazu, den Schaden aus sicherer Entfernung zu begutachten, fand der Polizist. Schließlich war sie die Eigentümerin.

Nun stand Piper auf der Straße vor dem *P3*, stemmte die Hände in die Hüften und betrachtete ihren Club. Besser gesagt das, was davon übrig geblieben war. Die westliche Außenmauer des Lokals sah aus, als wäre sie der größten, übelsten Lötlampe der Welt begegnet und hoffnungslos unterlegen gewesen. Auf dem Gehsteig thronte ein riesiger Haufen ehemaliger Mauersteine und Mörtel. Das Ganze sah aus wie klumpiges, geschmolzenes Wachs. Wo früher die Mauer gewesen war, klaffte nun ein Loch.

Ein riesiges Loch.

Mindestens vier, fünf Meter, dachte Piper und starrte es grimmig an. Durch das Loch waren die Angestelltengarderobe und ein Lagerraum zu sehen. Der Rest des Clubs schien unbeschädigt, soweit man das von außen beurteilen konnte. Eines stand auf jeden Fall fest: Die Halloween-Party war gestorben.

Piper sah sich um. Ein Dutzend uniformierte Cops und ein paar Kriminalbeamte in Zivil liefen zwischen dem *P3* und den Absperrungen umher. Am anderen Ende des Blocks parkten mehrere Streifenwagen und der Transporter einer Sondereinheit.

Ein Polizeiteam war bereits dabei, die Mauer zu untersuchen. Die Beamten machten Fotos, maßen das Loch aus und sammelten Proben der geschmolzenen Steine in kleinen Plastiktüten. Einer stand etwas abseits von der Truppe, bellte Befehle und gab die Notizen von seinem Block per Handy weiter.

Das muss der Leiter der Ermittlungen sein, dachte Piper. Sie beneidete ihn nicht um den Frust, den er zweifelsohne hatte. Und weiterhin haben würde. Was sie auch anstellten, die Cops würden diesen und jeden anderen ähnlichen Fall niemals lösen.

Aber Piper und ihre Schwestern vielleicht. Wenn sie es nicht schafften, dann niemand, das war ziemlich klar.

Piper musste unbedingt in den Club. Kurz entschlossen ging sie zu dem Ermittlungsleiter und tippte ihm auf die Schulter. »Entschuldigen Sie –«

Offensichtlich verärgert über die Unterbrechung klappte der Detective sein Handy zu. »Sie müssen zurück, Madam. Das hier ist Sache der Polizei. Wie sind Sie überhaupt –«

»Es ist auch *meine* Sache«, schnitt Piper ihm das Wort ab. Zum zweiten Mal an diesem Morgen öffnete sie die Brieftasche und legte ihren Ausweis vor. »Ich bin Piper Halliwell«, fuhr sie fort und deutete auf die zerstörte Mauer. »Und das sind die Überreste von der Westmauer meines Clubs. Haben

Sie eine Ahnung, wie lange es dauert, bis ich rein kann? Ich muss nachsehen, ob es noch andere Schäden gibt, damit ich meine Versicherung benachrichtigen kann.«

Ganz zu schweigen davon, dass ich nachsehen muss, ob der mysteriöse Bösewicht irgendwelche Spuren hinterlassen hat, dachte sie.

Tonfall und Gesichtsausdruck des Detectives wurden nur unbedeutend milder. »Tut mir Leid, aber ich kann ehrlich nicht sagen, wie lange das dauert, Ms. Halliwell. Vermutlich bis zum späten Nachmittag. Wenn wir mit der Spurensicherung fertig sind, müssen wir prüfen, ob die Gebäudestatik noch in Ordnung ist. Wenn Sie mir Ihre Telefonnummer geben, kann Sie einer meiner Beamten auf dem Laufenden halten.«

»Danke, das wäre sehr freundlich«, entgegnete Piper. Sie gab dem Detective ihre Nummer und ging, weil sie nicht wusste, was sie sonst tun sollte, langsam zu ihrem Wagen zurück. Sie spielte kurz mit dem Gedanken, die ganze Szenerie erstarren zu lassen und ins *P3* zu flitzen. Aber das wäre unklug gewesen. Es waren einfach zu viele Menschen in der Nähe.

Abgesehen davon suchten Phoebe und Paige bereits im *Buch der Schatten* nach einer Lösung. Vielleicht hatten sie schon etwas entdeckt. Es war besser abzuwarten, bis sie eine genauere Vorstellung davon hatte, nach was sie überhaupt suchen musste.

Als Piper die Tür des SUVs öffnete, fiel ihr die Schachtel auf dem Beifahrersitz ins Auge, in der das Ergebnis ihrer morgendlichen Back-Aktion seines Schicksals harrte. Sie traf eine spontane Entscheidung. Rasch beugte sie sich über den Fahrersitz und zog die Schachtel zu sich herüber.

»Ms. Halliwell, ich dachte, ich hätte Ihnen ...«, setzte der Detective an, als er sie mit der Schachtel auf dem Arm zurückkehren sah. Doch als Piper nah genug war und er erkannte, was in der Schachtel war, hielt er inne.

»Die waren als Belohnung für meine Angestellten gedacht«, sagte Piper und lächelte ihn an. »Aber da die Party geplatzt ist, dachte ich, Ihre Leute hätten vielleicht Lust ...«

Im Gesicht des Detective spiegelten sich Freude und Misstrauen zugleich. »Das ist wirklich sehr nett«, sagte er schließlich. »Aber wenn Sie sich bei der Polizei einschmeicheln, kommen Sie auch nicht schneller in den Club, Ms. Halliwell. Darüber sind wir uns ja wohl einig, nicht wahr?«

»Aber, ich bitte Sie ...«, fing Piper an und verstummte gleich wieder.

Als sie dem Ermittlungsleiter ins Gesicht sah, erkannte sie, wie erschöpft er war. Das *P3* war der vierte Vorfall in vier Tagen, und die Beamten würden, falls Piper nicht komplett danebenlag, am Ende des Tages noch genauso im Dunkeln tappen wie am Tag zuvor. Da konnten sie nach Spuren suchen, soviel sie wollten.

Sie, Phoebe und Paige hatten zumindest eine gewisse Chance, den Fall zu klären. Die Polizisten jedoch waren wohl chancenlos. Aber sie waren es, die den Druck zu spüren bekommen würden, hinter den Kulissen und in der Öffentlichkeit.

Daher bemühte sie sich, freundlich und ruhig zu bleiben. »Mein Personal wird heute nicht in den Genuss dieser Teilchen kommen. Ich dachte, bei Ihren Leuten sind sie besser aufgehoben.«

Der Detective seufzte. »Tut mir Leid, ich wollte nicht unhöflich sein, Ms. Halliwell. Es ist nur –«

»Das müssen Sie mir nicht erklären, Detective«, sagte Piper schnell. Sie ließ ihren Blick über die Menschenmenge an der Absperrung schweifen. Zahllose Reporter standen dicht gedrängt in einer langen Reihe und sprachen ihre Berichte in die Kameras. »Es wäre untertrieben zu sagen, dass Sie unter enormem Druck stehen.«

Der Detective lachte bitter. »Das haben Sie voll erfasst. Und um die Wahrheit zu sagen: Ich bin an einem Punkt angekommen, an dem mir jedes Mittel recht ist, um die Moral meiner Leute zu stärken. Danke, Ms. Halliwell.«

Damit nahm er Piper die Schachtel ab und klemmte sie sich unter den Arm. Mit der freien Hand zog er eine Karte aus seiner Brusttasche. »Sie können sich darauf verlassen, dass wir Sie informieren, sobald Sie in den Club können. Ich werde Sie höchstpersönlich anrufen. Hier haben Sie meine Karte, falls Sie mich in der Zwischenzeit sprechen müssen.«

Piper nahm die Karte entgegen. »Vielen Dank, Detective ... Anderson«, antwortete sie. »Ich warte auf Ihren Anruf.« Sie schüttelte ihm die Hand.

»Vielen Dank nochmals, Ms. Halliwell!«

»Keine Ursache«, entgegnete Piper. »Und viel Glück, Detective!«

»Also, diese Recherche war ein absoluter Schlag ins Wasser«, stöhnte Phoebe und blickte verdrießlich auf das *Buch der Schatten*. Sie und Paige hatten es von vorne bis hinten durchgearbeitet.

Und was hatten sie über ihren unbekannten Feind herausgefunden? Gar nichts.

Phoebe zeigte zwar höchst ungern Mitgefühl mit dem *Hohen Rat*, konnte dessen Besorgnis jedoch allmählich nachvollziehen. Wie um alles in der Welt sollte man sich eine Vernichtungstaktik zurechtlegen, wenn man gar nicht wusste, wogegen man kämpfte?

»Wo ist das gute alte Glück, wenn man es braucht?«, rätselte Paige. Auf Phoebes Bitte hin hatte sie ihren Hexenhut abgesetzt: Bei der gemeinsamen Lektüre des Buches hatte ihre Halbschwester die breite Krempe ständig im Gesicht gehabt.

»Wie wäre es mit etwas Hilfe von unseren Freunden?«, murmelte Phoebe und sah hoffnungsvoll nach oben. Manchmal, wenn die Zeichen auf Sturm standen, tauchte der Geist der Halliwell-Großmutter auf, von den Mädchen Grams genannt, um ihnen zu helfen. Grams hatte Piper, Phoebe und ihre älteste Schwester Prue aufgezogen, nachdem die Mutter der Mädchen gestorben war. Ihre Hilfe war immer äußerst nützlich, aber sie griff nur in dringenden Notfällen ein.

Obwohl sie gerade darum gebeten hatte, war Phoebe nicht sicher, ob sie Grams Hilfe wirklich haben wollte. Ihr Einschreiten würde bedeuten, dass die schlimmsten Befürchtungen Leos und des *Hohen Rats* durchaus berechtigt waren.

Oft bestand Grams Hilfe aus einem konkreten Hinweis auf einen Text im *Buch der Schatten*. Dann klappte es an einer Stelle auf, die Grams den Mädchen zeigen wollte. Nicht immer musste sie daher persönlich erscheinen. Aber Phoebes Bitte um Hilfe bewirkte in diesem Augenblick nichts. Das Buch blieb so liegen, wie sie es aufgeschlagen hatte.

Okay, dachte sie, vergiss den Frust und schalte dein Gehirn ein, Halliwell! Dass Grams auf ihre Bitte nicht reagiert hatte, war bereits ein wichtiger Hinweis. Grams half nämlich nur selten und vor allem dann nicht, wenn die Mädchen bereits einen Teil der benötigten Informationen hatten. In diesem Geiste hatte sie die drei aufgezogen: Sie sollten selbstständig sein und ihren Verstand gebrauchen.

»Keine zusätzliche Hilfestellung heute, hm?«, fragte Paige.

»Nein«, entgegnete Phoebe. Doch sie klang wieder munterer. Positiver. »Aber keine Hilfe ist ja auch eine Hilfe, wenn du verstehst, was ich meine.«

»Eigentlich nicht«, gestand Paige.

»Grams denkt, wir wissen bereits etwas, das uns weiterhilft«, erklärte Phoebe. »Vielleicht sind wir die Sache ganz falsch angegangen. Wir haben nach etwas gesucht, das wir nicht wissen, stimmt's?«

»Stimmt.«

»Also sollten wir uns vielleicht auf das konzentrieren, was wir wissen.«

»Und das wäre?«, fragte Paige. »Abgesehen von einem Riesenhaufen Nichts?«

Phoebe dachte nach. »Nun«, sagte sie schließlich, »wir wissen, dass das Ganze mit Schmelzen zu tun hat. Aber das scheint mir eher ein Mittel zum Zweck zu sein als der Schlüssel zu dem Rätsel.«

»Warte mal! Das ist es! Wir wissen, dass alles, was bisher geschmolzen wurde, Schlüssel sind«, rief Paige aufgeregt. »Schlüssel zu den Toren zwischen der Welt der Lebenden und der Welt der Toten. Wie hat Leo das noch genannt?«

»Pforten.«

»Genau. Und –« Plötzlich hielt Paige inne. Das *Buch der Schatten* bewegte sich, und die Seiten blätterten ganz von allein um. Nun, da die Mädchen selbst die Richtung gefunden hatten, in der sie suchen mussten, schien Grams ihnen doch helfen zu wollen.

»Ich glaube, das ist gut und schlecht zugleich«, murmelte Paige.

»Und ich glaube, da könntest du Recht haben«, bemerkte Phoebe. So überraschend wie es begonnen hatte, war das Seitenblättern beendet. Das *Buch der Schatten* lag wieder ganz ruhig da.

»Danke, Grams!«, sagte Phoebe. Dann beugte sie sich über das Buch. »Okay, mal sehen, was wir da haben.«

Der Schatten bewegte sich durch die Straßen von San Francisco. Leise. Verhalten. Eben, unter den Ästen eines Baumes, der seine Blätter noch nicht verloren hatte, war er noch so dick wie Tinte gewesen, und im nächsten Augenblick war er nur noch ein dünner Streifen am Sockel eines hohen Gebäudes.

Nur einmal fiel er auf. Ein Kleinkind war über ihn gestolpert, als er über einen Spielplatz huschte, und unvermittelt in Tränen ausgebrochen. Es schluchzte so herzzerreißend, dass der besorgte Babysitter es auf den Arm nahm und eilends nach Hause brachte.

Der Schatten wartete, bis es wieder ruhiger wurde, dann ging er weiter. Leise. Verhalten. Er suchte in den Straßen von San Francisco nach derjenigen, die zu finden ihm befohlen worden war.

5

»Ms. Halliwell, Ms. Halliwell!«, brüllte der Reporter Piper entgegen und hielt ihr ein Mikrofon unter die Nase. »Wir wurden informiert, dass der Club Ihnen gehört. Was sagen Sie zu dieser Katastrophe?«

»Tja, ich würde sagen, die Halloween-Party findet definitiv nicht statt«, entgegnete Piper.

Das war zu erwarten gewesen! Sobald sie das abgesperrte Gelände verlassen hatte, um zu ihrem Wagen zu gehen und nach Hause zu fahren, wurde sie von Reportern umringt. Verwunderlich war nur, dass sie beim ersten Mal noch unbehelligt zu ihrem SUV hatte gelangen können.

»Sie haben eine ganze Weile mit Detective Anderson gesprochen«, schaltete sich der zweite Reporter ein. »Bedeutet das, Sie haben Zweifel an der Effektivität der polizeilichen Ermittlungen?«

»Nein«, antwortete Piper bestimmt. »Das bedeutet es ganz gewiss nicht. Ich bin sicher, Detective Anderson und seine Leute tun in dieser schwierigen Situation ihr Möglichstes. Wenn Sie nichts dagegen haben, würde ich jetzt gern nach Hause fahren. Wie Sie sich bestimmt vorstellen können, habe ich einiges zu erledigen.«

Damit drängte sich Piper entschlossen durch das Meer von Reportern, stieg in den SUV und knallte die Fahrertür hinter sich zu. Als sie den Schlüssel im Zündschloss drehte, blendete das Motorengeräusch die Rufe der umstehenden Reporter aus. Sie schaltete in den Rückwärtsgang und hupte, um den Journalisten zu signalisieren, dass sie vorhatte wegzufahren, ob sie nun Platz machten oder nicht. Sie warf noch einen Blick über die Schulter, bevor sie aus der Parklücke fuhr, und nahm aus dem Augenwinkel eine Bewegung wahr.

Das Hupen hatte offenbar eine der Zuschauerinnen erschreckt, eine ziemlich ramponiert aussehende junge Frau. Sie drehte sich ruckartig um. Den Bruchteil einer Sekunde lang hatte Piper Augenkontakt zu ihr, und es lief ihr kalt über den Rücken. Der Blick der jungen Frau wirkte gehetzt, ihr

Gesichtsausdruck verzweifelt. Piper wusste zwar nicht genau wo, war sich aber ziemlich sicher, sie schon einmal irgendwo gesehen zu haben. Bevor sie jedoch darüber nachdenken konnte, entfernte sich die junge Frau von der Absperrung und verschwand in der nächsten Seitenstraße.

Mit großer Umsicht lenkte Piper den SUV vom Parkplatz, aber ihre Gedanken rasten, als sie sich auf den Heimweg machte. Sie war erst ein paar Blocks weit gefahren, da erschien auf dem Beifahrersitz neben ihr ein Wirbel aus weißem Licht. Einen Augenblick später war Leo da.

»Und?«, fragte Piper.

Leo schüttelte den Kopf. »Nichts. Ich weiß leider nicht, ob das bedeutet, dass es nichts zu finden gibt oder dass die Spur kalt ist. Deine telepathische Nachricht habe ich übrigens bekommen.« Er drückte Piper die Hand. »Tut mir Leid mit dem *P3*. Wann können wir rein?«

»Erst am späten Nachmittag.«

»Soll ich es vielleicht jetzt gleich versuchen?«

Piper lenkte den Wagen um eine Kurve, bevor sie antwortete. »Nein«, sagte sie schließlich. »Ich glaube, das ist zu riskant. Es sind zu viele Leute da. Warten wir, bis die Polizei ihr Okay gibt. Dann können wir alle zusammen rein. In der Zwischenzeit ...«

Auf dem Heimweg durch die Straßen von San Francisco erzählte Piper von der jungen Frau an der Polizeiabsperrung.

War ihr Gefühl, sie schon einmal gesehen zu haben, wichtig oder nicht?

»Eine Passage?«, rief Paige verärgert. »Was soll denn das nun wieder sein? Warum gibt es hier immer mindestens sechs Bezeichnungen für ein und dieselbe Sache? Weiß eigentlich keiner im Zauberreich, dass die kürzeste Entfernung zwischen zwei Punkten eine Gerade ist?«

Phoebe hatte schon oft die gleiche Enttäuschung erlebt, besonders in ihrer Anfangszeit als Hexe, daher tätschelte sie ihrer jüngeren Halbschwester beruhigend den Arm.

»Reg dich ab, Mädchen. Du weißt doch, das *Buch der*

Schatten ist auf unserer Seite. Jetzt hol mal tief Luft, und dann konzentrieren wir uns auf das, was uns diese Seite zu sagen hat, okay?«

»Okay«, schmollte Paige. »Aber ich behalte mir das Recht auf weitere Beschwerden vor!«

»Verstanden.« Phoebe las laut: »PASSAGE: Eine Ansammlung von Pforten oder Durchgängen durch die Energiebarriere, die das Gleichgewicht zwischen dem Reich der Lebenden und dem der Toten aufrechterhält. Während einzelne Pforten in der ganzen Welt auftreten, gibt es Passagen nur an Orten mit erheblicher übersinnlicher Aktivität. Daher sind sie auch besonders wichtig.«

»Klingt wie das, was Leo heute Morgen gesagt hat – nur blumiger ausgedrückt«, kommentierte Paige. »Neu ist nur, dass eine Passage aus mehreren Pforten besteht. Dann ist San Francisco wohl ein Ort mit erheblicher übersinnlicher Aktivität. Warum überrascht mich das nicht?«

»Weil wir das längst wissen«, entgegnete Phoebe knapp. »Und jetzt reg dich bitte ab! Dahinter stecken viele Informationen, die wir noch nicht entschlüsselt haben. Grams hätte uns nicht auf diese Seite aufmerksam gemacht, wenn da nur Sachen stünden, die wir schon wissen.«

»Stimmt«, räumte Paige ein. »Tut mir Leid. Einstellungskorrektur wird vorgenommen.«

Phoebe verdrehte die Augen.

»Zwar fungieren prinzipiell alle Pforten als Durchgänge, aber der Öffnungsmechanismus ist in den beiden Welten unterschiedlich«, las sie weiter. »Für die Toten sind die Pforten durchlässig. Die Toten können sie durchqueren, besonders wenn sie eingeladen oder gerufen werden. Aber abgesehen von bestimmten Zeitpunkten –«

»Wie zum Beispiel ab morgen, von Allerheiligen an!«, fiel Paige ihr ins Wort.

»– sind die Pforten für die Lebenden nicht durchlässig. Sie sind verschlossen. Auf diese Weise können die Toten zwar den Lebenden Besuche abstatten, aber die Lebenden können das Reich der Toten nicht vor einem individuell festgelegten Zeitpunkt betreten.«

»Mann, so lang war bisher noch kein Text im *Buch der Schatten*«, bemerkte Paige. »Oder denkst du dir das alles nur aus?« Darauf erntete sie einen bösen Blick. »Andererseits«, beeilte sie sich, ihre Halbschwester zu beschwichtigen, »glaube ich, ich verstehe die Sache allmählich. Lies weiter!«

»Die Pforten können durch übernatürliche Energie beschädigt werden. Die Art des Schadens hängt davon ab, in welcher Welt er verursacht wird«, fuhr Phoebe fort. »Wird eine Pforte auf der Seite der Toten beschädigt, ist sie fortan für jeden offen, für Lebende und Tote.«

»Lies nicht weiter!«, rief Paige. »Wenn die Pforte auf der Seite der Lebenden beschädigt wird, ist sie für immer geschlossen, oder?«

»Damit scheinst du Recht zu haben«, bestätigte Phoebe und überflog rasch den restlichen Text. »Wenn man eine Pforte in der Welt der Lebenden zerstört, kommt keiner mehr durch. Alle Toten, die gerade zu Besuch sind, können nicht wieder nach Hause. Oha, jetzt wird's brenzlig!«

»Was ist?«

»Ich glaube, die haben sich das Schlimmste bis zum Schluss aufgespart. Hör mal: Besonderen Anlass zur Sorge geben zerstörte Pforten, die zu einer Passage gehören. Wenn zu viele Pforten beschädigt werden, bricht unter Umständen die ganze Passage zusammen. Dies kann wiederum zur Zerstörung der Energiebarriere führen, die für die Erhaltung des Status quo der Lebenden und Toten verantwortlich ist.«

»Und sieh mal, das funktioniert genauso wie die Zerstörung einer einzelnen Pforte«, sagte Paige und tippte auf den Text. Das *Buch der Schatten* hatte sie mittlerweile völlig in den Bann gezogen.

»Wird eine Passage von der Seite der Toten aus zerstört, bleibt die Energiebarriere für die Lebenden und die Toten geöffnet. Wird sie von der Seite der Lebenden aus zerstört, verschließt sich die Barriere. Egal von welcher Seite, das Ergebnis ist auf jeden Fall das Ende der Welt, wie wir sie kennen.«

Phoebe nickte zustimmend. Dann schlug sie die Hand vor die Stirn. »Wir haben mehr Informationen als vor ein paar

Minuten, aber ich habe nicht das Gefühl, mehr zu wissen. Ich verstehe nicht, warum ein Dämon eine Passage zerstören sollte. Wieso will er die Energiebarriere verschließen?«

»Das will er gar nicht«, sagte jemand von hinten.

Phoebe und Paige fuhren erschreckt herum. Cole lehnte in der offenen Tür zum Speicher.

»Was ist eigentlich los mit den Jungs in diesem Haus?«, beschwerte sich Phoebe. »Erst Leo, dann du. Was ist passiert? Wart ihr in einem Männerkurs, wo man lernt, wie man sich besser an Frauen ranschleicht?«

»Ich wünsche dir auch einen guten Morgen«, lächelte Cole und betrat den Speicher. Dann gab er Phoebe einen raschen Kuss auf ihren Schmollmund. »Nur fürs Protokoll: Ich würde sagen, dein Gehirn funktioniert ganz ausgezeichnet.«

Phoebes Miene hellte sich ein wenig auf. »Und weshalb verstehe ich dann nur Bahnhof?«

»Weil du versuchst, die Fakten an deine vorgefasste Meinung anzupassen«, erklärte Cole.

Phoebe zog die Augenbrauen hoch, »Ach, tatsächlich?«

Cole zwinkerte ihr zu, dann wurde er wieder ernst. »Denk doch mal kurz darüber nach. Du hast gefragt, was für ein Dämon wohl die Passage von der Seite der Lebenden aus zerstören würde. Da fällt mir kein einziger ein, und ich sollte es ja eigentlich wissen. Wenn die Passage hier in San Francisco nicht mehr funktioniert, kann niemand mehr in die Welt der Lebenden oder heraus. Daran hat ein Dämon wohl kaum Interesse.«

»Aber das bedeutet –«, setzte Phoebe an.

»Das bedeutet, wer auch immer die Portale beschädigt, ist gar kein Dämon. Er hält sich zurzeit in der Welt der Lebenden auf, ist jedoch höchstwahrscheinlich kein Mensch«, führte Cole aus.

»Ich würde sagen, das bedeutet noch etwas anderes«, schaltete Paige sich ein. »Er will hier bleiben. Und zwar ziemlich lange.«

6

*I*CH KANN DAS NICHT, DACHTE C.K. Ich schaffe das nicht mehr.

Auf halbem Wege durch die Gasse, in die sie überstürzt geflohen war, hatte sie alle Energie verloren. Sie spürte förmlich, wie diese ihrem Körper entzogen wurde. Ihre Kraft schwand wie Wasser, das von trockener Erde aufgesaugt wird. Vor Erschöpfung knickten C.K. die Beine unter dem Körper weg. Sie plumpste auf den Beton und spürte vor Müdigkeit nicht einmal mehr, wie feucht und kalt es auf der Straße war.

Was mache ich hier? Wo bin ich überhaupt?, überlegte sie fieberhaft.

Es gab so vieles, an das sie sich nicht mehr erinnerte.

Ihre Wohnung. Sie wusste noch, wie sie hinausgelaufen war, doch nicht wann. Sie entsann sich nur, etwas getan zu haben, das sie nicht hätte tun sollen. Etwas, das falsch war, das sie aber so sehr gewollt und deshalb einfach trotzdem getan hatte.

Die nachfolgenden Ereignisse hafteten ihr nur verschwommen im Gedächtnis. Vage erinnerte sie sich daran, wie sie gelaufen und gelaufen war, und an die Schmerzen, die so schlimm waren, dass sie fast das Bewusstsein verloren hätte, sogar jetzt noch.

Ich werde wahnsinnig, schoss es ihr durch den Kopf. Das ist die einzige vernünftige Erklärung.

Schluchzend schlug C.K. die Hände vor den Mund.

Ich will nicht verrückt werden!, dachte sie. Aber wenn es schon sein muss, warum taucht mein Verstand dann nicht einfach ganz ab? Warum entsinne ich mich jetzt wieder? Warum kann ich nicht einfach ohne Erinnerung bleiben?

Es musste etwas mit der Frau zu tun haben. Mit der Frau in dem SUV. Die ihr in die Augen gesehen hatte.

Seit C.K. aus ihrer Wohnung geflohen war, hatte das niemand getan. Es war, als sei sie in ihrem verwirrten Zustand nicht auffälliger, sondern ganz im Gegenteil unsichtbar geworden. Sie war jemand, den man besser nicht genauer ansah. Die Passanten streiften sie nur mit einem Seitenblick und sahen gleich wieder fort. Man wich ihr aus, machte einen großen Bogen um sie.

Niemand hatte ihr in die Augen gesehen.

Der Blick der Frau in dem SUV jedoch hatte sie irgendwie aufgerüttelt. Zum ersten Mal seit Tagen hatte sie das Gefühl gehabt, wieder bei sich zu sein und Körper und Geist unter Kontrolle zu haben. Das hatte sie erschreckt. Sie hatte das einzig Richtige getan: Sie war weggelaufen, doch nur, um wenig später in der kleinen Seitenstraße erschöpft zusammenzubrechen.

Sie betrachtete ihre schmutzigen Hände. Ihre normalerweise sorgfältig manikürten Fingernägel waren eingerissen und abgekaut. Ihre Kleidung sah so widerlich aus, dass sie nicht darüber nachdenken wollte, wo sie gewesen war und was sie getan hatte.

Was habe ich denn getan?, fragte sie sich und ließ den Tränen endlich freien Lauf.

Was war eigentlich los? Und was musste sie tun, damit das alles ein Ende hatte?

Schluchzend wiegte C.K. sich hin und her. Mehr als alles andere auf der Welt wünschte sie sich, in ihrem sauberen Bett aufzuwachen und zu wissen, dass alles war wie immer. Dass alles in Ordnung war.

Aufwachen, das ist es!, kam ihr in den Sinn. Wenn sie endlich schlafen könnte, würde sie vielleicht aufwachen und feststellen, dass alles nur ein böser Alptraum gewesen war. Dazu musste sie allerdings ein sicheres Versteck finden, und sie hatte keine Ahnung, wo sie war. Aber selbst wenn sie sich in der Nähe ihrer Wohnung befand, genug Kraft für den Weg dahin hätte sie wohl trotzdem nicht.

Unvermittelt schlug eine Tür auf, und Stimmen hallten durch die Gasse. Die Angst verlieh C.K. eine ungeahnte Kraft, und rasch flüchtete sie sich hinter einen großen grünen Müllcontainer. Als sie in Deckung ging, erhaschte sie einen Blick auf etwas Dunkelblaues. Polizeiuniformen.

Zwei Polizisten kamen aus der Tür. »Wie siehst du die Sache?«, fragte der eine.

»Tja, die Außenmauer ist ziemlich hinüber«, meinte der zweite. »Aber der Rest des Gebäudes ist in Ordnung.«

»Ja, aber was ist deine Meinung dazu?«, hakte der erste nach.

Sein Kollege lachte. »Ich halte das für eine total durchgeknallte Aktion. Wie diese Kreise in den Kornfeldern in England, die sich später als Riesenscherz herausstellten. Das wird auch in diesem Fall so sein. Irgendein abgefahrener Halloween-Streich. Ich möchte nicht in der Haut des Schuldigen stecken, wenn Anderson ihn in die Finger kriegt.«

»Die Eigentümerin des *P3* findet das bestimmt nicht so witzig«, bemerkte der erste Polizist.

Der andere schnaubte zustimmend. »Darauf kannst du Gift nehmen!«

»Wir sagen Anderson besser schnell Bescheid, dass wir fertig sind. Und dann könnte ich einen Donut vertragen«, erklärte der erste.

»Hey, ich hab gehört, die Clubbesitzerin hat Gebäck vorbeigebracht ...«

»Vielleicht hat sie 'ne Schwäche für Anderson.«

»Ha ha, garantiert!«

Langsam entfernten sich die Polizisten.

Sobald sie nicht mehr zu sehen waren, rappelte C.K. sich auf und ging – einem inneren Impuls folgend, den sie gar nicht näher benennen konnte – auf die Tür zu, aus der die Polizisten gekommen waren. Sie hatten vergessen abzuschließen.

7

»Was, meint ihr, hat das Ganze zu bedeuten?«, fragte Piper ein paar Stunden später im *P3*. Sie hatte bereits angefangen, den Schutt zusammenzukehren. »Vielleicht haben wir es ja mit einem geistesgestörten Geist zu tun?«

»Sieht ganz danach aus«, antwortete Phoebe, die mit Paige auf der anderen Seite des Saals Tische und Stühle übereinander stapelte. »Vielleicht ist es der Geist von jemandem, der unerwartet oder durch Gewalteinwirkung gestorben ist. Oder beides.«

»Egal, wie er gestorben ist«, mischte Paige sich ein, »offensichtlich will er nicht tot sein. Dass er versucht, die Passage von der Welt der Lebenden aus zu zerstören, ergibt nur dann Sinn, wenn es sich um einen Geist handelt, der auf diese Seite zurückgekehrt ist.«

»Und dafür sorgen will, dass er dauerhaft hier bleibt«, ergänzte Phoebe.

Paige hievte den letzten Stuhl auf einen Stapel, dann wischte sie sich die Hände an dem Sweatshirt ab, das sie nun statt des Hexenkostüms trug. »Falls es jemanden interessiert, ich sehe aus wie ein Schwein! Wer hätte gedacht, dass Aufräumen nach einer Schmelzung so eine staubige Angelegenheit sein kann?«

»Sachbeschädigung ist immer eine unschöne Sache«, erklärte Piper. »Das hat die Frau von der Versicherung wortwörtlich gesagt, wollte ich nur mal anmerken.«

»Da ging es dir bestimmt gleich viel besser«, bemerkte Phoebe.

Piper kam mit dem Besen zu den beiden herüber. »Das stimmt sogar«, sagte sie. »Aber wahrscheinlich nur, weil sie es gesagt hat, *nachdem* klar war, dass die Versicherung den Schaden übernimmt.«

»Deine Police deckt auch Schmelzungen ab?«, staunte Paige.

»Nein, aber Schäden infolge von Vandalismus«, entgegnete Piper. »So hat es die Polizei genannt, und da werde ich bestimmt keine Einwände erheben. Zumal ich so das Geld für die Sachen wiederbekomme, die Cole und Leo gerade einkaufen. Apropos – sollten die nicht schon längst wieder hier sein?«

Während die drei im *P3* Ordnung machten, waren Leo und Cole mit dem Wagen zum nächsten Baumarkt gefahren, um Reparaturmaterial für das Loch in der Mauer zu besorgen. Bevor diese professionell instand gesetzt wurde, musste erst einmal Vandalismustaten der gewöhnlicheren Art vorgebeugt werden.

Wie aufs Stichwort war das vertraute Motorengeräusch des SUVs zu hören, dem wenig später lautes Geklapper folgte. Anscheinend Bretter, die ausgeladen wurden.

»Stellst du den bitte weg, Phoebe?«, bat Piper und schob ihrer Schwester den Besen zu. »Ich gehe mal raus zu den Jungs.«

»Okay«, sagte diese nur. Eigentlich waren Cole und Leo durchaus in der Lage, die Sachen allein auszuladen, fand sie, aber weil ihr Pipers Erschöpfung nicht entgangen war, behielt sie ihre Meinung lieber für sich. Pforte hin oder her, der Club war Pipers Baby, und da musste man ihr – gerade jetzt – so manches durchgehen lassen.

»Wo gehört der noch mal hin?«

»In die Besenkammer!«, rief Piper über die Schulter.

Paige verkniff sich ein Grinsen. Phoebe streckte ihr die Zunge raus. »In *welche* Besenkammer?«, schrie sie, denn es gab mehr als eine davon im Club.

»In die ganz hinten«, rief Piper. »In den Wandschrank, wo wir die Reinigungsmittel aufbewahren.«

»Du kannst ja bis zum Schrank auf ihm reiten«, schlug Paige vor.

»Du und deine Hexenklischees«, gab Phoebe zurück.

Rasch ging sie nach hinten zu dem großen Wandschrank. Bei ihrer Ankunft hatte der Besen an der Theke gelehnt, vermutlich, weil ihn ein Polizist dort abgestellt hatte. Wäre es nach Phoebe gegangen, sie hätte ihn gleich wieder dorthin gestellt. Er wurde in ziemlich naher Zukunft doch sowieso wieder gebraucht.

Aber sie konnte nachvollziehen, warum sie ihn wegräumen sollte. Piper brauchte so viel Ordnung, wie unter den gegebenen Umständen möglich war.

Der Lichtschalter für den Wandschrank war gleich neben der Tür. Phoebe knipste ihn mit dem Besenstiel an und wollte gerade nach der Klinke greifen, da schlug ihr die Tür entgegen. Sie schrie auf und ließ den Besen fallen, der klappernd auf den Boden schlug.

»Phoebe, was ist denn?«, glaubte sie noch, Paige zu hören. Dann verlor sie die Orientierung.

Unzählige Bilder tanzten in ihrem Kopf. Sie hörte Hunderte unheimliche Stimmen, die wütend und verzweifelt auf sie einschrien. Ihr Blick fiel auf grünes Gras. Auf Grabsteine.

Geister!, wurde ihr bewusst. Sie hörte die Rufe all jener, die auf der falschen Seite der Energiebarriere festsaßen und nicht ins Reich der Toten zurückkehren konnten. Dort, wo sie eigentlich hingehörten. In ihrer Verzweiflung hatten sie begonnen, die Welt der Lebenden zu zerstören. Entwurzelte Bäume flogen durch die Luft. Vögel fielen vom Himmel.

Und dann ertönten neuerliche Schreie, als die Toten anfingen, ihre Wut an den Lebenden selbst auszulassen. Sie fielen über sie her wie Ameisen über Zucker. Sie bissen. Kratzten. Kniffen. Zerrissen sie.

Und inmitten all dessen ...

Ebenso plötzlich, wie sie eingesetzt hatte, war Phoebes Vision wieder vorbei. Sie stand vor der Besenkammer und hielt die Türklinke umklammert. Einen kurzen Moment lang blickte sie in ein Paar weit aufgerissene Augen. Dann stieß das Mädchen im Schrank die Tür ein zweites Mal auf. Phoebe taumelte rückwärts.

Von hinten hörte sie Paige schreien. Mit zitternden Knien wirbelte Phoebe um die eigene Achse. »Haltet sie!«, schrie sie. »Lasst sie nicht entkommen! Sie ist wichtig!«

»Schon gut«, rief Cole weiter hinten. »Ich hab sie!«

Paige und Phoebe rannten auf das Loch in der Mauer zu. Cole hatte die junge Frau gerade noch zu fassen gekriegt. Sie zappelte in seinen Armen, doch er hielt sie fest, so behutsam wie möglich.

»Ist schon okay, niemand will dir etwas tun«, sagte er. »Beruhige dich.«

»Lass mich los!«, rief die junge Frau. »Ihr könnt mich nicht festhalten, ich habe nichts getan!«

»Da bin ich nicht so sicher«, bemerkte Phoebe.

»Phoebe, was um Himmels willen ...?« Alarmiert kamen Piper und Leo herbeigelaufen. Als Piper sah, wen Cole festhielt, blieb sie wie angewurzelt stehen. »Moment mal! Du warst heute Morgen schon hier, ich kenne dich!«

Unvermittelt änderte sich das Verhalten der jungen Frau. Tränen liefen ihr über das schmutzige Gesicht, und sie hörte auf, sich zu wehren.

Cole warf Phoebe einen warnenden Blick zu. Mit einem kaum merklichen Nicken signalisierte diese, dass sie verstanden hatte: Das Ganze war vielleicht nur ein Trick, um sie alle zu täuschen. Unauffällig ging sie in Startposition, um sofort lossprinten zu können, falls das Mädchen sich losriss und abhauen wollte. Aber dann entspannte sie sich wieder.

»Ihr kennt mich?«, flüsterte es und starrte Piper aus großen, entsetzten Augen an. »Woher?«

»Du warst heute Morgen schon mal hier«, sagte Piper wieder. »Ich habe dich gesehen.«

»Weißt du ...« Die junge Frau verstummte. Nervös biss sie sich auf die aufgesprungenen Lippen, dann versuchte sie es noch einmal. »Weißt du, wie ich heiße?«

Phoebe hörte, wie Paige entgeistert aufschnaubte.

»Nein, das weiß ich nicht«, antwortete Piper freundlich. »So gut kenne ich dich nicht.«

Innerhalb kürzester Zeit änderte sich das Verhalten des Mädchens erneut. Tränen liefen ihm über die Wangen, und es brach in wirres Lachen aus.

»Ich auch nicht«, brachte es noch hervor.

Dann verdrehte es die Augen und klappte bewusstlos in Coles Armen zusammen.

8

»Wie geht es ihr?«, fragte Cole, als Paige die Treppe herunterkam.

Die Pflege der geheimnisvollen jungen Frau hatte zwar oberste Priorität für Paige, aber sie hatte die Gelegenheit auch genutzt, sich kurz umzuziehen. Nun trug sie ein langes schwarzes Kleid mit einem hohen Kragen und langen Ärmeln aus schwarzer Spitze. Ihren Hexenhut mit der breiten Krempe hielt sie in der Hand. Offensichtlich wollte sie sich ihre Halloween-Laune nicht verderben lassen.

»Sie schläft jetzt«, antwortete sie leise. »Nach der Dusche habe ich ihr frische Kleider gegeben und sie in meinem Zimmer ins Bett gesteckt. Leo ist bei ihr und zaubert noch ein bisschen rum. Er hofft, nach einer Portion Heilschlaf ist sie wieder klarer im Kopf.«

»Gut«, bemerkte Phoebe schroff. »Dann kann sie uns vielleicht sagen, was hier los ist. Wie lange muss sie schlafen?«

»Das hat Leo nicht gesagt«, entgegnete Paige stirnrunzelnd. Phoebes Tonfall gefiel ihr ganz und gar nicht. »Er hat nur gesagt, dass sie völlig erschöpft ist und Schlaf das Beste für sie sei. Aber ich vermute, er wird den Genesungsprozess mit seinen Heilkräften beschleunigen. Wo ist Piper?«

»Unten bei der Waschmaschine«, antwortete Phoebe immer noch reichlich gereizt. »Ich für meinen Teil hätte diese Klamotten ja verbrannt!«

Paige kicherte und setzte sich neben Cole auf die Couchlehne.

»Wollen wir hoffen, dass sie zu den Guten gehört«, sagte Phoebe. »Die Vision, die über mich kam, als ich gleichzeitig mit ihr die Tür angefasst habe, war ziemlich übel.«

»Na ja, solange sie keine Feuerbälle schleudert, bin ich im Zweifel für die Angeklagte«, erklärte Paige.

»Du hast ja Recht«, stimmte Phoebe ihr zu. »Aber ...« Sie verstummte und richtete den Blick auf etwas, das weder Paige noch Cole sehen konnten. »Ich weiß, was geschieht, wenn die Passage zerstört ist. Ich habe es in meiner Vision gesehen. Die Toten werden keine fröhlichen Urlauber sein, und das ist noch milde ausgedrückt. Das Mädchen ist unsere einzige Spur. Wir müssen herausfinden, was sie weiß.«

»Zumindest wissen wir jetzt, wer sie ist«, schaltete sich Piper ein, die soeben hereingekommen war.

»Wissen wir?«, rief Paige. »Woher denn?«

Piper streckte die Hand aus und hielt mit spitzen Fingern ein Plastikkärtchen hoch. »Ich habe ihren Führerschein in der Hosentasche gefunden«, erklärte sie. »Und dem ist zu entnehmen, dass es sich bei unserem geheimnisvollen Gast um Claire-Kathryn Piers handelt. Anscheinend nennt sie sich C.K.«

»Und woher weißt du das nun schon wieder?«, hakte Phoebe nach.

»Weil sie so ihren Führerschein unterschrieben hat.«

Zum ersten Mal, seit sie vom *P3* nach Hause gekommen waren, lächelte Phoebe. »Brillant, Holmes.«

Piper erwiderte ihr Lächeln. »Vielen Dank, Watson! Des Weiteren hat mir meine unglaubliche Beobachtungsgabe verraten, dass sie in Fillmore wohnt.«

»Also ist sie keine Obdachlose«, schlussfolgerte Paige.

»Ich denke nicht«, entgegnete Piper. »Ich vermute, der Zustand, in dem wir sie gefunden haben, hat mit ihrer Krise zu tun.«

»Und ihre Krise hat mit unserer Krise zu tun«, sagte Phoebe. »Wahrscheinlich hat ihre die unsere sogar ausgelöst.«

»Wahrscheinlich«, bestätigte Piper. »Übrigens ist mir wieder eingefallen, woher ich sie kenne. Erinnerst du dich noch an den Zeitungsartikel von heute Morgen?«

Phoebe nickte.

»Sieh mal!« Piper hielt ihr die Zeitung hin, die sie mitgebracht hatte.

»Das ist C.K., keine Frage«, sagte ihre Schwester, nachdem sie die Fotos studiert hatte.

Piper nickte. »Sie ist auf den Fotos von den ersten beiden

zerstörten Gebäuden. Und ich bin ziemlich sicher, sie heute Morgen in dem Fernsehbericht über den dritten Vorfall gesehen zu haben. Und sie ist im *P3* aufgetaucht ...«

»Also hat sie definitiv mit der Sache zu tun«, fiel Cole ihr ins Wort. »Aber wie?«

Eine Weile herrschte angespanntes Schweigen. Phoebe fing wieder an, auf- und abzumarschieren. Piper setzte sich in einen Sessel und trommelte geistesabwesend mit den Fingern auf die Armlehne.

Als plötzlich die Türglocke schrillte, fuhren alle erschrocken auf. Nur Paige schien regelrecht darauf gewartet zu haben, stülpte sich den Hexenhut über und eilte zur Tür.

»Süßes oder Saures!« Die Kinderstimmen drangen bis ins Wohnzimmer, als Paige die Tür öffnete. Ausgiebig lobte sie die Kostüme, verteilte Süßigkeiten und kam, nachdem sie ihre Aufgabe erfüllt hatte, zurück ins Wohnzimmer. Sie wirkte sehr zufrieden.

»Halloween ist wirklich dein Ding, hm?«, lächelte Piper.

»Hey«, rief Paige und vollführte eine kleine Pirouette. »Ihr seht – zugegebenermaßen leicht abgewandelt – eine Hexe in einem Hexenkostüm vor euch, die Halloween-Süßigkeiten verteilt. Wem gefällt so was nicht?«

Sogar Cole konnte sich ein Kichern nicht verkneifen. »Ich muss zugeben, da hast du Recht.«

Paige machte eine Verbeugung.

»Ich verderbe dir ja nur ungern die Halloween-Laune«, unterbrach Phoebe die beiden, »aber glaubst du, wir können jetzt weitermachen?«

»In Ordnung«, entgegnete Paige. »Schluss mit lustig, jedenfalls bis zum nächsten Läuten. Also ...« Sie nahm wieder neben Cole Platz. »Wo waren wir stehen geblieben?«

»Wir wollten herausfinden, was für eine Verbindung es zwischen C.K. und den zerstörten Pforten gibt«, rief Phoebe ihr in Erinnerung.

»Gut, alles weist darauf hin, dass wir es mit einem Geist zu tun haben, richtig?«, fragte Piper. »Und *sie* ist offensichtlich keiner.«

»Nein, aber vielleicht jemand, der ihr nahe steht«, gab Paige zu bedenken.

»Also lautet die nächste Frage«, fuhr Phoebe fort, »wie um alles in der Welt wir das herausfinden wollen.«

»Das kann ich beantworten«, erklang es da plötzlich.

C.K. Piers stand in der Wohnzimmertür, neben ihr Leo.

»Jace Fraser, mein Verlobter, ist vor fast genau einem Jahr gestorben«, erklärte C.K. mit leiser, angespannter Stimme.

Cole und Paige hatten die Couch für sie und Leo geräumt. Piper beobachtete die Interaktion zwischen den beiden mit Interesse. C.K. stand zwar ganz offensichtlich unter einer enormen Anspannung, wirkte aber längst nicht mehr so erschöpft wie zuvor. Und vor allem schien sie wieder bei Verstand zu sein. Eindeutig ein Plus.

Ebenso offenkundig war, dass sie großen Wert auf Leos Nähe legte. Dabei klebte sie nicht an ihm, sondern wirkte eher wie eine Pflanze, die sich der Sonne zuwendet. Leos Heilkräfte schienen ihr gut zu tun, und endlich war sie ansprechbar.

Piper sah Leo liebevoll in die Augen. Gut gemacht, mein Schatz!, dachte sie. Leo antwortete mit einem Lächeln. Dann wandte er sich mit ernster Miene an C.K. »Wir alle bedauern deinen Verlust aufrichtig.«

»Danke«, sagte diese und sah sich nervös im Raum um. Als ihr Blick auf Cole fiel, sah sie gleich wieder fort. Er hielt sich vorsichtshalber von ihr fern, stellte Piper fest. Nicht aus Sorge um sich, sondern aus Sorge um C.K. Momentan stand er am anderen Ende des Wohnzimmers hinter dem Sessel, in dem Phoebe saß.

»Ihr seid alle so nett«, fuhr C.K. fort. »Ich weiß nicht, ob ich genauso gehandelt hätte – unter diesen Umständen.«

»Weißt du immer noch nicht, wie du ins *P3* gekommen bist?«, wollte Piper wissen.

C.K. schüttelte den Kopf. »Nicht genau. Ich weiß, ich bin gelaufen – eine ganze Ewigkeit lang.« Sie versuchte, sich zu konzentrieren, runzelte angestrengt die Stirn. »Aber ich kann mich nicht erinnern warum.«

»Das ist in Ordnung, C.K.«, ließ Leo sie wissen. »Wenn du bereit dafür bist, kommt die Erinnerung zurück.«

C.K. bedachte ihn mit einem matten Lächeln.

»Der ... ähm ... Jahrestag war bestimmt nicht leicht«, meinte Paige nach einer Weile. »Ich meine, der Todestag deines Verlobten.«

»Ja«, entgegnete C.K. »Das war ein schwerer Tag. Ich habe mir eingeredet, ich hätte alles im Griff, aber ...« Sie verstummte und griff nach der Teetasse, die Piper ihr hingestellt hatte. »Die Wahrheit ist, ich habe mir etwas vorgemacht. Ich hatte gar nichts im Griff. Deshalb habe ich vermutlich auch –«

Das Läuten der Türglocke unterbrach sie.

»Mein Einsatz!«, freute sich Paige, setzte ihren Hut auf und ging zur Tür.

»Ach du liebe Güte! Du bist ja eine Hexe!«, rief C.K.

Paige blieb wie angewurzelt stehen. Schweigen breitete sich aus. »Ja, sicher, ich bin wie eine verkleidet«, erklärte sie nach einer Weile. »Es ist ein Halloween-Kostüm!«

Wieder klingelte es – Sturm diesmal. »Macht ruhig weiter«, sagte Paige und setzte ihren Weg zur Tür fort. »Ich bin gleich wieder da.«

Aber C.K. war nicht mehr richtig bei der Sache. Sie hatte die Arme vor der Brust verschränkt und schaukelte auf der Couch vor und zurück.

»Was ist los mit dir?«, fragte Leo. »Hast du Schmerzen?«

Paige kehrte zurück und setzte sich ohne jeden Kommentar wieder in ihren Sessel. Sie wollte nicht zu stören.

»Ich erinnere mich«, flüsterte C.K. »Ich weiß es jetzt wieder. Ich erinnere mich, was ich getan habe.«

Piper, Phoebe und Paige tauschten einen Blick.

»Was hast du getan, C.K.?«, fragte Piper mit ruhiger Stimme, ohne sich ihre Anspannung anmerken zu lassen.

»Ich kann nicht.« C.K. stöhnte. »Ich kann es euch nicht sagen. Dann denkt ihr noch, ich bin ...«

Paige ging zu ihr und kniete sich vor die Couch. »Natürlich kannst du es uns sagen«, ermutigte sie die junge Frau. »Wir wollen dir helfen, nicht über dich urteilen.«

Mit zitternden Fingern tippte C.K. auf die Krempe von Paiges Hexenhut. »Ein Zauber. Ich habe eine Zauberformel gesprochen«, flüsterte sie. »Ich habe versucht, Jace von den Toten zu erwecken.«

9

»*E*IN ZAUBER!«, KREISCHTE PHOEBE und sprang hektisch auf. Paige verlor das Gleichgewicht, kippte nach hinten und plumpste auf ihren Allerwertesten. C.K. ließ sich in die Couch sinken.

Film ab!, dachte sie. Bestimmt würde jetzt das große Geschrei losgehen. Die Vorwürfe, dass sie einen Fehler gemacht hatte – mehr als einen Fehler, etwas völlig Abnormales. Und dann kam sicher die Strafe.

In diesem Augenblick klingelte es erneut, und Paige rappelte sich auf. »Jetzt wollen wir mal nicht gleich überreagieren!«, sagte sie und sah Phoebe durchdringend an.

»Was für ein Zauber war das? Wie hieß die Formel?« Phoebe versuchte wirklich, Rücksicht auf C.K.s angeschlagene mentale Verfassung zu nehmen, aber die Erinnerung an die entsetzliche Vision machte sie aggressiv. Kurz entschlossen tat sie einen Schritt Richtung Couch, aber Cole hielt sie zurück.

»Okay«, sagte er leise. »Immer schön langsam. Wenn du auf Konfrontationskurs gehst, kommen wir nicht weiter.«

C.K. sah die beiden überrascht an. Sie waren eindeutig ein Paar, und dass Cole sich auf Phoebes Seite stellte, wäre nur natürlich gewesen. Aber es sah ganz so aus, als habe er C.K. schützen wollen. Außer Jace hatte das noch nie jemand getan.

C.K. richtete sich auf. »Es war eine Formel zur Wiedererweckung von Toten«, antwortete sie auf Phoebes Frage. »Ich meine, das war mein Ziel. Den genauen Wortlaut kann ich euch leider nicht sagen. Meine Erinnerungen sind immer noch ziemlich verschwommen.«

Phoebe öffnete den Mund, aber bevor sie etwas sagen konnte, schaltete Piper sich ein.

»Das ist in Ordnung, C.K.«, sagte sie. »Es ist schwer, sich zu erinnern, wenn man unter Druck steht. Das wissen wir. Aber vielleicht kannst du uns eine andere Frage beantworten.«

»Okay«, erwiderte C.K. »Ich werde es versuchen.«

»Wie bist du auf die Zauberformel gekommen? Das ist doch sehr ungewöhnlich.«

Oh nein, dachte C.K. Das würde sie niemals erklären können!

Sie ließ ihren Blick über die Anwesenden schweifen, bei denen sie Unterschlupf gefunden hatte. Anfangs hatte C.K. Angst gehabt, aber dann war ihr rasch bewusst geworden, dass diese Leute ihr nichts Böses wollten. Im Gegenteil: Sie versuchten sogar, ihr zu helfen. Aber wenn sie ihnen die Wahrheit sagte ...

»Hattest du einen Grund zu glauben, dass der Zauber funktioniert?«, hakte Leo nach, als C.K. nicht antwortete. »Hast du das zum Beispiel früher schon mal ausprobiert?«

»Niemals!«, rief C.K. und schüttelte energisch den Kopf. »Wenn meine Großeltern mich bei so etwas erwischt hätten, dann ...«

Na super! Jetzt war es raus.

»Du wurdest von deinen Großeltern aufgezogen?«, fragte Piper.

C.K. nickte.

»Dann haben wir etwas gemeinsam«, erklärte Piper, gerade als Paige wieder ins Wohnzimmer kam. »Wir sind alle bei unserer Großmutter aufgewachsen.«

Damit waren zwar nur sie und Phoebe gemeint, aber es war wirklich nicht der richtige Zeitpunkt, sich über die komplizierten Familienverhältnisse der Halliwells auszulassen.

Die Worte kamen C.K. über die Lippen, bevor sie darüber nachdenken konnte. »Hat sie euch geliebt?«, platzte sie heraus.

»Natürlich hat sie das«, entgegnete Piper überrascht.

Erwartungsvolles Schweigen breitete sich aus, und C.K. stellte fest, dass sie ihre Meinung geändert hatte. Sie wollte versuchen, es diesen Leuten zu erklären. Mehr noch, sie wollte ihre Hilfe.

»Ich glaube, meine Großeltern haben mich auch geliebt«, fing sie zögernd an. »Ich meine, ich glaube, sie haben es versucht. Sie sind nur einfach nie über den Tod meines Vaters hinweggekommen. Außer meinem Dad hatten sie keine Kinder. Er und Mom sind bei einem Bootsunfall umgekommen, als ich acht war. Es war ein schöner Tag, aber dann kam Sturm auf. Das Boot kenterte, und die beiden sind ertrunken.«

»Und dann bist du zu den Eltern deines Vaters gekommen?«, fragte Leo. C.K. nickte wieder. »Was ist mit den Eltern deiner Mutter?«

»Über die weiß ich nichts. Ich glaube, sie sind schon gestorben ... Meine Großeltern waren jedenfalls ziemlich streng. Erst dachte ich, weil sie schon alt sind. Aber dann wurde mir klar, dass es an mir liegt. An dem, was ich kann.«

»Was kannst du denn?«, fragte Paige sanft.

Jetzt kommt's!, dachte C.K. »Komische Sachen«, antwortete sie. »Unfälle. Nicht mit Menschen. Ich habe noch nie jemandem Schaden zugefügt. Aber wenn ich mich aufrege, passieren seltsame Dinge. Plötzlich sind alle Türen verriegelt, oder die Herdplatten powern auf höchster Stufe, obwohl sie niemand eingeschaltet hat. Einmal, als mir meine Großeltern verbieten wollten, am Geburtstag meiner Mutter eine Erinnerungskarte zu malen, bin ich wirklich wütend geworden und habe alle Fensterscheiben im Haus zum Zerspringen gebracht. An diesem Tag ...«

C.K. holte tief Luft. »An diesem Tag hat mir meine Großmutter gesagt, dass ich ... Kräfte besitze. Kräfte, die Menschen nicht haben dürfen. Die nicht normal sind. Sie meinte, ich sei eine Hexe, genau wie meine Mutter. Deshalb wären auch meine Eltern gestorben. An allem war laut ihr meine Mutter schuld. Weil sie angeblich verrückt und unkontrolliert war. Großmutter meinte ...« C.K.s Stimme war nur noch ein Flüstern. »Sie meinte, meine Mutter hätte den Sturm heraufbeschworen.«

Schweigen breitete sich aus. C.K. schlug die Augen nieder und sah auf ihre Hände, weil sie die anderen nicht anschauen wollte. »Ich sollte lernen, mich zu beherrschen. Wenn ich es nicht schaffe, hätten sie und Grandpa keine andere Wahl. Dann würden sie mich weggeben und einsperren lassen. Und sie sagte ... wenn man einmal eingesperrt ist, kommt man nie wieder raus.«

»Das ist ja schrecklich!«, rief Phoebe in das schockierte

Schweigen, das sich nach C.K.s Erklärung im Raum ausgebreitet hatte. »Mehr noch, das ist total falsch. Es tut mir so Leid, wie du behandelt wurdest, C.K. Uns allen tut es Leid.«

C.K. sah überrascht auf. Phoebe war die Letzte, von der sie Zuspruch und Unterstützung erwartet hätte. Verstohlen sah sie sich um. Niemand war entsetzt und empört. In den Gesichtern der anderen spiegelte sich vielmehr das, was Phoebe gesagt hatte.

Bedauern. Besorgnis. Mitgefühl. Aber kein plumpes Mitleid.

»Ich habe mich daran gewöhnt«, sagte C.K. nur. »Daran, mich zu beherrschen, meine ich. Es ging mir nach einer Weile in Fleisch und Blut über. Ich hatte gelernt, alles, was ich nicht empfinden durfte, in diesen großen Raum mit der dicken, schweren Tür zu packen. Ich habe meine Gefühle dort eingesperrt und die Tür hinter mir zugeknallt. Erst als Jace ...«

»Erzähl uns doch von Jace!«, forderte Piper sie auf. »Wie habt ihr euch kennen gelernt?«

»Wir sind uns in der Bank begegnet, in der ich arbeite«, erklärte C.K. »Ich bin in der Kreditabteilung. Ich fühlte mich von Anfang an zu Jace hingezogen. Er war so entspannt, so unbefangen. Und er schien mich zu verstehen wie kein anderer. Als ich merkte, dass es ernst war mit uns, habe ich versucht, ihm von mir zu erzählen. Ich meine, dass etwas mit mir nicht stimmt. Aber Jace hat so reagiert wie ihr. Das Einzige, was nicht stimmte, war seiner Meinung nach, dass ich nicht genug Liebe erfahren hatte. Und darum wollte er sich kümmern. Er hat gesagt, er liebt mich bis ans Ende seiner Tage. Und das hat er ja auch, nur ...«

»Das Ende seiner Tage kam viel zu schnell«, sagte Leo leise.

»Es war der reinste Alptraum«, flüsterte C.K. »Als er gestorben ist. Nicht nur, weil er auf einmal weg war, sondern weil ich nicht trauern konnte. Ich konnte mich anstrengen, wie ich wollte. Alles, was ich für Jace empfand, war in diesem Raum eingeschlossen, den ich mir in der Kindheit geschaffen hatte. Die Kollegen in der Bank hielten mich alle für sehr tapfer. Aber das war ich gar nicht. Ich fühlte nichts, war innerlich wie aus Eis. Dann bin ich eines Morgens aufgewacht und habe festgestellt, dass seit Jaces Tod fast ein Jahr vergangen war. An diesem Tag wurde mir klar, dass ich es ohne ihn nicht mehr aushalte.«

»Also hast du beschlossen, es mit einem Zauber zu versuchen?«, hakte Leo nach.

»Ich habe diese Entscheidung gar nicht bewusst getroffen«, sagte C.K. »Die Idee ist mir einfach so gekommen, und als ich sie einmal hatte, ließ sie mich nicht mehr los.« Sie sah Phoebe an. »Ich kann mich ehrlich nicht mehr an die Formel erinnern, nicht einmal daran, woher ich sie hatte. Es tut mir Leid.«

»Ist schon okay«, sagte Phoebe. »Erinnerst du dich daran, wo du den Zauber durchgeführt hast?«

»In meiner Wohnung«, entgegnete C.K. »Dann bin ich rausgelaufen. Und danach gibt es nur noch Bruchstücke, bis ich hier bei euch wach geworden bin.«

»In Ordnung«, sagte Leo. »Das genügt fürs Erste.«

C.K. sah sich um und musterte die ernsten Gesichter. Eine schreckliche Angst machte sich in ihrer Magengrube breit. »Ich habe etwas angestellt, nicht wahr?«, flüsterte sie. »Etwas Schlimmes. Etwas Falsches. Meine Großeltern hatten Recht. Man hätte mich einsperren sollen.«

»Natürlich hatten sie nicht Recht«, erwiderte Phoebe. »Aber wir wollen dich nicht anlügen, C.K. Es sind merkwürdige Dinge in der Stadt passiert. Und merkwürdige, übernatürliche Vorgänge sind sozusagen ein Spezialgebiet von uns. Wir halten es für sehr gut möglich, dass diese Dinge mit der Formel zu tun haben, die du verwendet hast.«

C.K. zog sich der Magen zusammen. »Oh Gott«, flüsterte sie. »Oh nein!«

»Du kannst uns helfen, C.K.«, erklärte Leo. »Wir müssen in deine Wohnung, weil wir die Formel brauchen. Wenn wir ein Gegenmittel finden, können wir dem bösen Zauber vielleicht ein Ende bereiten und dir gleichzeitig helfen, über Jaces Tod hinwegzukommen.«

Verwundert merkte C.K., wie ihr Tränen in die Augen stiegen. »Ihr müsstet mich eigentlich hassen.« Ungläubig schüttelte sie den Kopf. »Aber das tut ihr nicht. Stattdessen wollt ihr mir helfen. Warum?«

»Weil Hilfe immer besser als Hass ist«, sagte Piper nur.

»Und weil wir egoistisch sind«, fügte Phoebe mit einem grimmigen Lächeln hinzu. »Wenn wir Recht haben und dein Zauber wirklich mit den Vorfällen zu tun hat, helfen wir uns damit auch selbst.«

Phoebes Bemerkung bewirkte, dass C.K.s Tränen versiegten, bevor sie fließen konnten. Sie fing tatsächlich an, Phoebes direkte Art zu schätzen. So ehrlich und geradlinig wäre sie selbst immer gern gewesen.

Sie stand auf. »Sieht so aus, als müssten wir zuerst in meine Wohnung. Wenn ihr wollt, können wir sofort los. Ich bin bereit!«

10

Piper saß am Steuer und lenkte den SUV gemäß C.K.s Anweisungen durch die nebligen Straßen von San Francisco. C.K. saß neben ihr, Leo rechts an der Tür. Paige, Cole und Phoebe besetzten die Rückbank – in dieser Reihenfolge.

Der Halloween-Abend hatte für die Kostümierten, die von Haus zu Haus zogen, recht trocken begonnen, aber mittlerweile war es feucht und neblig geworden. Das ist das Wetter, das die Angst vor dem Unbekannten weckt, dachte Piper.

»Wie weit ist es noch?«, wollte sie wissen.

»Nicht mehr weit«, antwortete C.K. leise.

Piper hatte angenommen, C.K. würde ihnen auf der Fahrt vielleicht noch mehr erzählen, aber das war bislang nicht der Fall. Sie saß zusammengesunken zwischen Piper und Leo. Abgesehen davon, dass sie sich ab und zu aufrichtete, um die Richtung anzusagen, schien sie tief in Gedanken versunken.

Kann man ihr nicht übel nehmen, dachte Piper. C.K. hatte ganz gewiss über einiges nachzudenken, und vieles davon war nicht sehr schön. Es tat Piper in der Seele weh, wenn sie daran dachte, wie C.K.s Kindheit gewesen sein musste. Dass C.K. tatsächlich beträchtliche Kräfte besaß, war klar. Sie hätte Anleitung und Unterstützung gebraucht, stattdessen war man ihr mit Unwissenheit und Angst entgegengetreten.

Kein Wunder, dass sie Jace hatte zurückholen wollen. Ihn zu verlieren, musste eine geradezu traumatische Erfahrung gewesen sein. Durch Jaces Tod hatte C.K. ihre einzige Unterstützung verloren.

Als Prue gestorben ist, hatte ich immerhin noch Phoebe und Leo, dachte Piper. Und dann Paige. Und trotzdem hatte sie genauso gehandelt wie C.K.: Sie hatte versucht, einen geliebten Menschen wieder zu erwecken. Ihr war es ebenso wenig gelungen wie C.K., aber zumindest hatte sie Hilfe dabei gehabt, ihren Kummer zu überwinden und ihr Leben wieder in die Hand zu nehmen. C.K. Piers jedoch hatte, abgesehen von den Insassen des SUVs, niemanden.

»An der nächsten Ecke rechts!«, unterbrach C.K. Pipers Gedanken. »Es ist ein ehemaliges viktorianisches Haus, gelb mit grünen Fenstersimsen, ungefähr auf der Hälfte des nächsten Blocks.«

»Okay«, entgegnete Piper.

Wenige Augenblicke später lenkte sie den SUV auf einen Parkplatz in dem schäbig-schicken Viertel von San Francisco, das die Einheimischen Fillmore nannten. Schweigend stiegen alle aus.

C.K. machte ein paar Schritte auf das Mietshaus zu, dann blieb sie wie angewurzelt stehen. »Ojemine! Die Schlüssel!«, rief sie. »Ich habe sie tatsächlich ...«

»Die sind hier«, rief Piper, holte die Schlüssel aus der Tasche und reichte sie C.K. »Ich habe sie in deiner Jeans gefunden, zusammen mit deinem Führerschein.«

»Ich hoffe, du hast die Jeans verbrannt«, bemerkte C.K. und ging auf die Haustür zu. »Leider müssen wir die Treppe nehmen«, erklärte sie, während sie aufschloss und den anderen die Tür aufhielt. »Der Aufzug funktioniert so gut wie nie, und ich wohne im dritten Stock.«

»Geh vor!«, sagte Leo, und schweigend stieg C.K. die Treppe hoch. Oben nahm sie den zweiten Schlüssel und schloss Apartment Nummer 309 auf. Dann tastete sie nach dem Schalter an der Wand und machte das Licht ein. In der Wohnung wurde es taghell.

Sie sah aus, als sei ein Tornado hindurchgefegt.

Tische, Couch und Stühle waren umgestoßen. Seidenblumen standen verkehrt herum in ihren Vasen. Die Bücher waren aus den Regalen geflogen. Alle Schränke in der Küche standen offen. Sowohl auf der Theke als auch auf dem Boden lag zerbrochenes Geschirr.

»Oh nein!«, stöhnte C.K. Sofort flitzte sie ins Wohnzimmer und fing an, Ordnung zu machen. »So sieht das bei mir sonst nie aus.« Dann ging sie in die Knie und hob ein paar Bücher auf. »Alles hat seinen Platz. Ich räume immer auf. Wenn meine Großmutter das sehen könnte ...«

»Ist schon gut, C.K.« Piper kniete sich neben die junge Frau und hielt ihr die fahrigen Hände. »Deine Großmutter ist nicht hier. Nur wir. Und uns ist es egal, wie die Wohnung aussieht.«

»Das stimmt«, bestätigte Leo. »Aber uns ist nicht egal, warum sie so aussieht. Ich fürchte, das Chaos hat mit dem Zauber zu tun, C.K. Kannst du uns zeigen, wo du ihn durchgeführt hast?«

»Komm mal her, Leo!«, rief Cole in diesem Augenblick.

Während Leo und Piper sich um C.K. kümmerten, hatten Cole, Phoebe und Paige sich bereits in der Wohnung umgesehen. Und Cole war schnell fündig geworden.

Mitten im Wohnzimmer, an der einzigen freien Stelle, lag ein großes, in Leder gebundenes Buch. Die Prägung auf dem Einband stellte eine Schlange dar. Eine grinsende Schlange, um genau zu sein.

Cole starrte das Buch grimmig an, als Leo zu ihm kam. Schweigend standen sie nebeneinander.

»Denkst du dasselbe wie ich?«, fragte Leo nach einer Weile.

»Definitiv«, entgegnete Cole.

»Und das wäre?«, wollte Paige wissen.

»Brenzlig, brenzlig.«

»Okay, Moment mal. So etwas sagst du sonst nie«, protestierte Phoebe.

»Jetzt sage ich es eben.«

»Was ist, Cole?«, fragte Piper und erhob sich zeitgleich mit C.K. »Was hast du gefunden?«

»Das hier.« Cole wies auf das Buch und drehte sich dann zu C.K. um. »Hast du eine Formel aus diesem Buch verwendet?«

»Ich glaube schon«, sagte C.K. und runzelte die Stirn. Gleich darauf glätteten sich ihre Züge wieder. Sie sprach schnell und überstürzt. »Ja, ja, jetzt erinnere ich mich! Ich habe ein paar Besorgungen in Berkeley gemacht. Dann bin ich noch ein bisschen spazieren gegangen. Da war ein Laden mit Kristallen und Kräutern und so was in der Art. Eigentlich gehe ich nie in solche Läden, ihr wisst ja warum. Aber irgendwie war ich auf einmal drin. Es war, als hätte er mich gerufen.«

»Was ist dann passiert?«, fragte Piper.

»Ich habe ein paar Dinge gekauft. Der Einkaufskorb, mit dem ich immer auf den Markt gehe, war voll mit Kerzen und Kräutern und so, als ich zum Auto zurückkam. Ich kann mich nicht daran erinnern, das Buch gekauft zu haben, aber ...« Fast tonlos fuhr sie fort: »Es war in meiner Tasche, als ich nach Hause kam.«

»Okay«, nickte Paige, »ich würde sagen, die Geschichte hat einen ziemlich hohen Gruselfaktor.«

C.K. lachte nervös. »Das ist erst der Anfang. Ich wollte das Buch zurückbringen, aber dann hatte ich Angst, der Ladenbesitzer würde mir nicht glauben. Ich hatte Angst, er dächte, ich hätte es gestohlen oder so. Ich wollte es aber nicht behalten, also habe ich es nach unten in den Müllcontainer gebracht.«

»Es ist zurückgekommen, nicht wahr?«, fragte Cole.

C.K. sah ihn überrascht an. »Das stimmt! Woher weißt du das?«

»Weil es so funktioniert«, sagte Cole knapp. »Das gehört zu seinen Fähigkeiten.«

»Wahrscheinlich werde ich es bereuen, gefragt zu haben«, meldete Phoebe sich zu Wort. »Aber das geht wohl nicht anders: Was ist *es*, Cole?«

»Das hier ist eine Sammlung von Zauberformeln, die sich *De Vermis Mysteriis* nennt. Die Wurm-Mysterien«, klärte Cole sie auf. »Und dabei handelt es sich um Magie der besonders üblen Art.«

11

»*E*s gibt unzählige Legenden über *De Vermis Mysteriis*«, erzählte Cole später. »Und besonders über seine magischen Kräfte.«

Nachdem C.K. sich wieder schlafen gelegt hatte und Leo zu einer schnellen Beratung mit dem *Hohen Rat* davongeorbt war, hatten sich Cole und die drei Hexen im Wohnzimmer des Halliwell-Hauses versammelt. Vorher hatten sie C.K. noch geholfen, ihre Wohnung wieder in einen halbwegs akzeptablen Zustand zu bringen.

Mitten in einer Krise etwas derart Banales zu tun, war zwar merkwürdig, aber durch das Aufräumen hatte sich C.K.s Zustand zusehends gebessert. Je länger sie mit dem Halliwell-Clan zusammen war, desto klarer wurde sie im Kopf. Auf der Heimfahrt war ihr sogar der Name der Zauberformel wieder eingefallen.

Abgesehen vom Aufräumen gab es nicht viel, was das Team der *Zauberhaften* noch hätte tun können. Mittlerweile war es zehn Uhr am Halloween-Abend. Sie konnten erst am nächsten Morgen in den Laden, wo C.K. das Buch bekommen hatte. Sogar der Name des Geschäfts war ihr nämlich wieder eingefallen: *Das sehende Auge*.

»Aber fast alle Legenden stimmen in einem Punkt überein«, fuhr Cole fort. »Das Buch besitzt einzigartige Kräfte, fast, als hätte es einen eigenen Willen. Es scheint andere kontrollieren und sie seinem Willen unterwerfen zu wollen.«

»Großartig«, bemerkte Paige. »Warum haben wir es dann mit nach Hause genommen?«

»Zumindest behalten wir es im Auge«, räumte Piper ein.

»Stimmt«, pflichtete Phoebe ihr bei. »Falls es nicht spontan beschließt, sich aus dem Staub zu machen. Meinte C.K. nicht, dass sie das Buch in den Müllcontainer geworfen hat und es danach trotzdem wieder in ihrer Wohnung aufgetaucht ist?«

»Das ist richtig«, bestätigte Cole. »Aber mein Gefühl sagt mir, wir müssen uns im Moment keine Sorgen machen, dass es verschwindet.«

»Warum nicht?«, fragte Piper.

»Wenn ich mich nicht irre, hat es schon bekommen, was es wollte: einen Kontakt. Trotz seiner Fähigkeiten ist es eben doch nur ein Buch. Und um seine Ziele zu verwirklichen, braucht es einen Menschen, auf den es seine Macht übertragen kann.«

»C.K.«, sagte Phoebe.

Cole nickte.

»Deshalb war sie überall da, wo Schmelzungen stattgefunden haben«, fuhr Phoebe fort. »Dieses Ding überträgt seine Energie auf sie, um die Pforten zu zerstören.«

»Klingt plausibel«, fand Cole.

»Aber warum?«, wunderte sich Piper. »Was will es damit erreichen?«

Cole zuckte mit den Schultern. »Wahrscheinlich noch mehr Macht. Und Chaos. Mehr fällt mir dazu im Moment nicht ein.«

Phoebe schnaubte. »Das genügt dir noch nicht?«

Cole kam nicht dazu zu antworten, denn ein Wirbel aus weißem Licht erschien im Wohnzimmer, und Leo orbte herein.

»Was hat der *Hohe Rat* gesagt?«, fragte Piper und umarmte ihren Mann. »Kann er helfen?«

»Um ehrlich zu sein, weiß ich das nicht so genau«, gab Leo zögernd zu.

»Was?« Piper ging mit Leo zur Couch und setzte sich neben ihn.

Bevor er antwortete, fuhr Leo sich mit der Hand durchs Gesicht, als wolle er seine Gedanken ordnen. »Als ich ihnen gesagt habe, dass wir das *De Vermis Mysteriis* gefunden haben, waren sie eindeutig ... beunruhigt. Kein Wort war aus ihnen herauszukriegen. Es war fast, als wollten sie etwas vor mir verbergen. Die einzige Information, die ich bekommen habe, bestätigt aber, dass das Buch gefährlich ist. Sehr gefährlich. Wie der *Hohe Rat* sagte, hat es die Macht, jeden zu beeinflussen, der mit ihm in Kontakt kommt.«

»Deshalb wollen die sich wahrscheinlich davon fern halten«, murmelte Paige.

»Das ist ja großartig!«, ereiferte sich Phoebe und stemmte die Hände in die Hüften. Sie war nicht unbedingt ein Fan des *Hohen Rats*, nachdem er Piper und Leo auf ihrem Weg ins Glück so viele Steine in den Weg gelegt hatte.

»Was ist mit Cole und C.K.? Sie haben das Buch beide angefasst.«

Leo runzelte die Stirn und überlegte. »Ich glaube nicht, dass der *Hohe Rat* das so gemeint hat«, sagte er schließlich. »Mit ›in Kontakt kommen‹ war wohl eher ›anwenden‹ gemeint, und das heißt wohl, wenn jemand eine Formel aus dem Buch benutzt. Genauer gesagt: Das Buch missbraucht denjenigen für seine Zwecke, was auch immer er ursprünglich vorhatte. Zumindest versucht es das.«

»Das ist gut möglich«, bestätigte Cole. »Das Buch soll die Kräfte anderer absorbieren können. Deshalb wird es ja auch als so gefährlich eingestuft – und hat so lange überlebt.«

»Also saugt es die Kräfte des Menschen auf, der es benutzt, und macht ihn so zum Handlanger für seine eigenen Ziele«, fasste Piper zusammen. »Und was bedeutet das in Bezug auf C.K.?«

Leo rieb sich wieder das Gesicht. »Ich glaube, wir müssen davon ausgehen, dass es immer noch eine Verbindung gibt. Die Zerstörung der Pforten hat erst angefangen, nachdem C.K. versucht hat, eine Formel aus dem Buch anzuwenden. Und immerhin funktioniert die Passage ja noch. Das heißt, die Energiebarriere ist weiterhin offen.«

»Mit anderen Worten: Das böse dicke Buch ist noch nicht fertig«, warf Cole grimmig ein. »Ich glaube, es ist höchste Zeit, dass wir uns diese Zauberformel mal ansehen.«

Schweigen breitete sich aus. Die Blicke aller ruhten auf dem *De Vermis Mysteriis*, das nun bei den Halliwells auf dem Couchtisch lag.

»Au Mann, darauf habe ich nicht die geringste Lust!«, stöhnte Paige.

»Ich mache es«, erklärte sich Cole bereit. »Ich bin der Einzige von uns, der das Buch angefasst hat, oder? Dann belassen wir das auch besser dabei. Und ich glaube, es wäre das

Beste, wenn ihr drei ...« – er sah Piper, Paige und Phoebe an – »... Abstand haltet. Ich könnte wetten, das Ding ist unheimlich scharf darauf, sich die Macht der *Zauberhaften* einzuverleiben.«

»Du bist aber auch in Gefahr«, wandte Phoebe ein. »Außerdem hat Leo gesagt –«

»Ich weiß, was Leo gesagt hat. Ich will es trotzdem wagen. Wir sind zwar schon schlauer, aber alles wissen wir noch längst nicht«, entgegnete Cole, und sein Tonfall deutete darauf hin, dass die Diskussion für ihn damit beendet war. »Wie hieß die Formel noch, die C.K. verwendet hat? Ach ja, jetzt fällt sie mir wieder ein.«

Damit ging Cole an den Couchtisch und beugte sich über das dicke Buch. Vorsichtig schlug er es auf. Nichts geschah. Keine zuckenden Blitze. Kein plötzlicher Sturm. Aber als er zu blättern begann, breitete sich eine merkwürdige Spannung im Raum aus. Coles Nackenhaare richteten sich auf, sein Instinkt meldete Gefahr.

Das Böse war mitten unter ihnen, daran bestand kein Zweifel.

»Hier ist es«, sagte Cole endlich. »Zauberformel zur Wiederherstellung eines gebrochenen Herzens.«

Er winkte die anderen heran, die sich um ihn versammelten und ihm über die Schulter guckten. Keiner wagte es, die Formel aus dem gefährlichen Buch laut vorzulesen.

Atem der Lüfte, des Feuers Macht,
gewährt mir eine Bitte in dieser Nacht!
Was einst verloren, bringt mir wieder her,
Leib der Erde, Tränen im Meer.

»Eine einfache, legitime Bitte«, begann Paige nach einer Weile. »Irgendwie poetisch. Ich dachte ... ich weiß auch nicht ...«

»Dass sie auf jeden Fall böse klingt?«, ergänzte Piper.

»Seht mal«, schaltete Phoebe sich ein. Sie beugte sich über Coles Schulter und wies auf die Seite. »Die Formel ist ziemlich allgemein gehalten. Achtet mal auf die Formulierung:

›Was einst verloren, bringt mir wieder her‹. Das kann sich auf alles Mögliche beziehen.«

Piper nickte. »Ich verstehe, was du meinst. Also hat das Buch C.K.s Kräfte angezapft und die Formel einfach auf seine Zwecke umgemünzt. Aber was will es überhaupt erreichen?«

»Die Schlüsselfrage ist wohl eher: Was will es wiederhaben oder wiederherstellen?«, verbesserte Paige. »Ups, das sollte keine Anspielung sein, das mit den Schlüsseln, meine ich.«

»Es sei dir verziehen«, spottete Cole und knallte das Buch zu. »Vor allem, weil du meiner Meinung nach auf der richtigen Fährte bist.«

»Und was soll bitte wiederhergestellt werden?«, wollte Piper wissen.

»Das wissen wir noch nicht«, antwortete Leo leise und schaute an die Zimmerdecke. »Und die da oben wissen es wohl auch nicht.«

»Oder sie wollen es uns nicht verraten«, erwiderte Piper.

»Vielleicht geht es um die Rückkehr ins Leben.« Phoebe dachte laut nach. »Immerhin versucht das Buch ja, die Passage von der Seite der Lebenden aus zu zerstören. Wer hat es überhaupt geschrieben und die Formeln gesammelt? Wissen wir das?«

»Ich nicht.« Cole schüttelte den Kopf.

»Ich auch nicht«, gab Leo zu.

»Was ist mit dem Besitzer dieses Zauberladens in Berkeley?«, meinte Paige. »Bei ihm ist das Buch schließlich gewesen, vielleicht weiß er etwas über seine Ursprünge.«

»Gute Idee«, lobte Leo.

»Besonders, wenn der *Hohe Rat* nicht helfen will«, murmelte Phoebe. »Also fahren wir morgen früh als Erstes zu diesem Laden. Und bis dahin passen wir auf C.K. auf. Das Wurmbuch ist noch nicht am Ende, und Allerseelen ist erst übermorgen. Dann kommen die meisten Toten in die Welt der Lebenden. Wir müssen dafür sorgen, dass sie auch wieder nach Hause können. Sonst ...«

»Ich sage es ja nur ungern, und eigentlich ist die Sache sowieso klar«, meldete Paige sich in dem Schweigen zu Wort, das auf Phoebes Äußerung folgte. »Aber sollten wir nicht etwas mehr tun als nur nachforschen, was das Buch will? Wie wär's, wenn wir mal darüber nachdenken, wie wir den Spuk beenden können?«

»Ganz recht«, sagte Piper energisch und bedachte das *De Vermis Mysteriis* mit einem finsteren Blick. »Ich vermute, einfach vernichten können wir es nicht, oder?«

»Da vermutest du richtig«, antwortete Cole. »Obwohl ich nicht glaube, dass es einer so starken Macht wie der Macht der *Drei* schon mal begegnet ist. Das Ganze könnte einen Versuch wert sein. Aber mehr habt ihr nicht – nur diesen einen Versuch. Und wenn der misslingt, dann ...«

»Sag das nicht!« Phoebe hob abwehrend die Hände. »Vielleicht bekommen wir einen Hinweis darauf, wie es sich vernichten lässt, wenn wir mehr über seine Ursprünge erfahren.«

»Stimmt«, nickte Piper. »Von jetzt an wird nur noch positiv gedacht! Ich weiß nicht, wie es euch geht, aber ich bin ziemlich groggy. Ich würde sagen, wir gehen alle ins Bett und schlafen eine Runde. Morgen früh müssen wir in Topform sein.«

»Ich schlafe auf keinen Fall mit diesem Ding in einer Wohnung!«, sagte Paige und zeigte auf das Buch.

»Ich bringe es ins Auto«, versprach Cole.

»Inzwischen hole ich mir noch ein Nachthupferl und sehe nach C.K.«, sagte Paige. »Hoffentlich hat wenigstens sie süße Träume.«

»Allerdings«, murmelte Phoebe und folgte Cole nach draußen. »Wenn schon sonst keiner, dann wenigstens sie.«

12

WER FREMDE WELTEN ERFORSCHEN WILL,
MUSS ERST DIE EIGENE ERKUNDEN.
BEGINNEN SIE IHRE ENTDECKUNGSREISE GLEICH HIER!
WILLKOMMEN BEIM SEHENDEN AUGE
Öffnungszeiten: Mo-Fr 9-19 Uhr, Sa 9-18 Uhr, So 12-17 Uhr

»HIER SIND WIR RICHTIG!«, rief Phoebe und musterte die Eingangstür des okkulten Ladens.

Sie war lila gestrichen, und die Beschriftung glänzte in Gold. In jedem anderen Geschäftsviertel wäre ein solches Kunstwerk völlig aus dem Rahmen gefallen, auf einer Straße in der Nähe der Universität von Berkeley allerdings gar nicht. Hier wirkte der Laden absolut normal. Das ganze Viertel war ziemlich bunt, um es milde auszudrücken. Obwohl es noch früh war, quollen die Gehsteige bereits über vor Verkaufsständen mit Kunsthandwerk. Die angebotenen Waren wurden von den farbenfroh gekleideten Verkäufern überwiegend selbst gefertigt.

»Ich hoffe, das ist nicht der Besitzer«, scherzte Piper, als sie die Ritterrüstung neben der Tür entdeckte. An den Handschuhen war ein Schild mit der Aufschrift GEÖFFNET befestigt. Mit an Sicherheit grenzender Wahrscheinlichkeit stand auf der anderen Seite GESCHLOSSEN. Am Visier klemmte ein Beanie mit einem Propeller auf dem Kopf. Seltsamerweise wirkte auch das vollkommen normal.

»Hey, seht mal!«, rief Paige und zeigte auf ein Poster im Schaufenster. »Moona Lovecraft liest die Zukunft aus Ihren abgeschnittenen Zehennägeln«, las sie vor. »Ich frage mich, ob das auch geht, wenn sie lackiert sind.«

»Oh nein, bloß nicht«, entgegnete C.K. ganz ernst. »Die Chemikalien im Nagellack zerstören die natürliche Aura des Nagels.«

Phoebe drehte sich verblüfft um. C.K. hatte praktisch zum ersten Mal an diesem Morgen den Mund aufgemacht.

Obwohl es auch ihr vernünftig erschienen war, den Laden aufzusuchen, hatte sie sehr mit sich kämpfen müssen. Sie war erst mitgekommen, nachdem die anderen ihr klargemacht hatten, dass zu Hause bleiben gar nicht zur Debatte stand.

»Das war doch ein Witz, oder?«, fragte Phoebe leicht verunsichert.

C.K.s Augen blitzten schelmisch, und auf ihrem Gesicht erschien ein Lächeln.

Sie ist so hübsch, wenn sie lacht, stellte Phoebe fest und dachte daran, dass C.K. schon lange keinen Grund mehr zum Lachen gehabt hatte. Angesichts dieser Überlegung verspürte Phoebe eine größere Dankbarkeit gegenüber ihrer Familie denn je. Und sie war noch entschlossener, dafür zu sorgen, dass sie alle heil aus dieser Sache herauskamen.

Sie drehte sich zur Ladentür um, griff nach der Klinke und holte tief Luft. »Okay. Dann wollen wir mal hören, was uns der Hexenmeister zu sagen hat.«

Paige hakte sich bei C.K. unter, als sie den Laden betraten. »Da hast du sie aber schön drangekriegt. Einen Moment lang hat sie dir fast geglaubt«, flüsterte sie. »Nicht schlecht!«

Der Laden war klein, jedoch ordentlich und liebevoll dekoriert. Sämtliche Ablageflächen und Regalbretter waren vollgepackt mit Verkaufsartikeln. Die Bücher über alle möglichen Themen der Metaphysik nahmen eine ganze Wand ein. An der anderen waren Regale mit säuberlich etikettierten Kräutergläsern und Schalen mit geschliffenen Steinen.

In der Ladenmitte stand ein langer Tisch, auf dem Altartücher, farbige Kerzen, Räucherstäbchen und einschlägige, in Leder gebundene Bücher auslagen. Dutzende Windspiele hingen unter der Decke und klimperten in der Brise, die zur Tür hereinwehte. Ein Zimmerspringbrunnen plätscherte leise in der Ecke. In der Luft lag ein angenehmer, leicht erdiger Geruch.

Nicht schlecht, fand Phoebe. Man konnte nie wissen, was einen in so einem Laden erwartete. Manche waren ganz schön daneben, da ging es eher um Verkleidungsspielchen als um echte Magie. Andere wie dieser hier schienen ihre Aufgabe – und damit ihre Kunden – ernst zu nehmen.

»Guten Morgen, die Herrschaften. Womit kann ich Ihnen dienen?«, ertönte da eine Stimme, und Phoebe drehte sich ruckartig um.

So viel zum Thema ›ernst nehmen‹!, dachte sie.

Der Ladenbesitzer war einer der dicksten Männer, die Phoebe je gesehen hatte. Eine braune handgewebte Kutte umspannte seinen gewaltigen Leib. Den Gürtel ersetzte ein Seil, an dessen Enden keltische Knoten baumelten. Seine Füße steckten in dunkelbraunen Lederstiefeln. Um den Hals trug er eine schwere Kette, deren Symbol auf dem Anhänger Phoebe nicht zu deuten wusste. In der rechten Hand hielt er einen klassischen Zauberstab.

Phoebe fand, er sah aus wie Bruder Tuck, hätte aber darauf wetten können, dass der Kerl sich eher für Gandalf hielt.

»Sind Sie der Eigentümer des Ladens?«, fragte sie.

Der Dicke nickte. »Samuel Gibson, Hüter der Mysterien des Altertums, Seher in Vergangenheit und Zukunft, Weiser Hexer von Greenwood. Stehe zu Ihren Diensten, Madam. Oder besser gesagt, meine Damen«, sagte er und begrüßte auch Paige, Piper und C.K. mit einer durch seine Leibesfülle eingeschränkten Verbeugung.

»Sie waren neulich schon mal da, nicht wahr?«, fragte er C.K. »Ich hoffe, Sie waren mit ihren Einkäufen zufrieden.«

»Genau darüber«, griff Piper das Thema auf, »wollten wir mit Ihnen reden.«

»Beim Umtausch von Waren wird Ihnen der Betrag gutgeschrieben, oder Sie suchen sich gleich etwas anderes aus. Wir erstatten den Kaufbetrag nicht zurück«, sagte der Hüter der Mysterien des Altertums sofort.

»Wir wollen gar nichts umtauschen«, versicherte ihm Phoebe. »Wir wüssten nur gern, woher Sie einen bestimmten Artikel haben.«

Der große Hexenmeister ließ die Schultern hängen. »Sie sind wegen des *De Vermis Mysteriis* da, nicht wahr?«, kam er direkt zur Sache. Ohne eine Antwort abzuwarten, ging er dann zur Tür, öffnete sie und drehte das Schild an der Ritterrüstung um. Nun war das *Sehende Auge* offiziell geschlossen.

»Kommen Sie doch bitte mit nach hinten.«

»Seit ich das Verschwinden des Buches bemerkt habe, warte ich darauf, dass jemand kommt«, erklärte er kurze Zeit später.

Nach dem Abschließen hatte er die Besucherinnen in sein Büro geführt. Es war überraschend gemütlich und sah aus wie das Arbeitszimmer eines zerstreuten Professors. Sie hatten sich in bequemen Sesseln niedergelassen.

Wie im Laden waren auch die Wände von Gibsons Allerheiligstem mit Bücherregalen gepflastert. Aber man sah auf den ersten Blick, dass hier ganz andere Werke standen als vorn. Viele waren in Leder gebunden und wirkten ziemlich alt. Dies war zweifelsohne Gibsons Privatbibliothek.

»Können Sie uns sagen, wie Sie in den Besitz des *De Vermis Mysteriis* gekommen sind, Mister Gibson?«, fragte Phoebe und übernahm so, in stillschweigendem Einvernehmen mit den anderen, die Gesprächsführung. Schließlich hatte sie in ihrer Vision gesehen, was die Zukunft unter Umständen bringen konnte.

»Das würde ich, wenn ich könnte«, entgegnete Gibson.

»Sagen Sie nicht, es ist Ihnen einfach gefolgt!«, seufzte Paige.

Gibson nickte. »So ungefähr. Ich hatte natürlich schon von diesem Buch gehört. Jeder, der sich ernsthaft für okkultistische Schriften interessiert, kennt es. Aber ich habe nicht damit gerechnet, ihm einmal selbst zu begegnen.«

»Und wo war das?«, hakte Piper nach.

»Bei Professor Anthony Lawson – vielleicht haben Sie schon von ihm gehört?«

Phoebe schüttelte den Kopf. »Leider nein.«

Gibson machte eine wegwerfende Handbewegung. »Kein Problem, ist auch nicht wichtig. Bis vor kurzem hat Lawson am College Mythologie gelehrt.«

Damit meinte er wohl die Universität von Berkeley. »Okay«, sagte Phoebe. »Bitte erzählen Sie weiter!«

»Vor ein paar Wochen«, fuhr Gibson fort, »hat Lawson ziemlich überraschend seine Professur aufgegeben, seine Bücher verkauft und die Stadt verlassen. Natürlich bin ich zu der Auktion gegangen, obwohl ich mir nicht ernsthaft Chancen ausrechnete, etwas kaufen zu können. Ich bin nur ein kleiner Sammler, und Lawsons Preise waren viel zu hoch für mich.«

»Aber das Buch wollte es anders«, ahnte Paige.

Gibson nickte. »Natürlich habe ich bei der Versteigerung mitgeboten«, erklärte er, »bin aber ziemlich früh ausgestiegen. Ich nahm an, das Buch wäre im Besitz des Meistbietenden, bis ich in den Laden zurückkehrte. Da entdeckte ich, dass es tatsächlich in meinem Besitz war.«

»Was ist dann passiert?«, fragte Piper.

»Nun, ich habe versucht, Lawson zu erreichen, um mit ihm darüber zu sprechen. Man sagt dem Buch einige höchst ungewöhnliche Fähigkeiten nach. Ich dachte, es würde ihn interessieren, dass zumindest eine der Vermutungen stimmt. Aber er wollte nicht mit mir sprechen. Ich habe es tagelang versucht. Ehrlich gesagt war ich mit meinem Latein am Ende, aber dann ist diese junge Dame, die bei Ihnen war, in den Laden gekommen. Abends habe ich dann festgestellt, dass das Buch weitergewandert ist, wenn man so will. Ich vermute, sie ist diejenige ...« Gibson verstummte.

»Da vermuten Sie richtig«, sagte Phoebe und sah sich nach C.K. um. »Wo ist sie eigentlich?«

»Vorn im Laden, glaube ich«, sagte Paige. »Sie war ... du weißt schon ...«

»Sie hatte Angst, Sie würden sie für eine Diebin halten, Mister Gibson«, erklärte Piper.

»Nach dem, was ich erlebt habe? Bestimmt nicht!«, schnaubte Gibson. »Sie haben das Buch doch nicht etwa mitgebracht, oder?«, fragte er plötzlich, als sei ihm diese Möglichkeit gerade erst in den Sinn gekommen. Ruckartig setzte er sich auf.

»Nein«, gab Phoebe zur Antwort.

Gibson entspannte sich wieder.

»Wissen Sie etwas über den Ursprung dieses Buches,

Mister Gibson? Wer hat es verfasst und aus welchem Grund?«

»Ich weiß tatsächlich etwas«, erklärte Gibson. Er stand auf und ging zu einem Bücherschrank, dem einzigen im Raum mit abschließbaren Glastüren. »Die Geschichte der Magie ist mein Hauptinteressengebiet«, fuhr er fort und nahm einen Strauß Trockenblumen aus einem kleinen Krug auf dem Bücherschrank. Als er ihn umdrehte, fielen eine tote Spinne, drei tote Fliegen und ein kleiner goldener Schlüssel in seine Hand.

»Mir liegt nicht daran, selbst zu zaubern. Aber ich interessiere mich sehr für die Denkweise derer, die es tun – das ist etwas ganz anderes.«

Gibson stellte den Krug wieder auf den Schrank, arrangierte umständlich die Trockenblumen und legte den Schlüssel zur Seite, um sich die Hände abzuwischen. Dann steckte er ihn in das Schloss des Bücherschranks. Langsam begann er zu drehen. Mit einem Klicken schnappte das Schloss auf. Gibson öffnete die Tür und griff in den Schrank.

Zur Überraschung aller holte er das kleinste Buch in der Sammlung heraus. Es war in Leder gebunden, und auf den ersten Blick schien der Einband nicht verziert zu sein. Aber als Gibson am Fenster vorbeiging, glänzte das Leder im Sonnenlicht, und die Mädchen konnten es deutlich sehen: Auf dem Buchdeckel war eine Schlange, genau wie bei dem *De Vermis Mysteriis*.

Zwei Schlangen sogar, die sich umeinander wanden und gegenseitig ansahen.

Gibson nahm wieder auf dem Sessel gegenüber Phoebe Platz und schlug das Buch auf. Dabei begannen die Schlangen sich zu bewegen. Wie die Zauberhaften erstaunt beobachteten, fuhr die linke Schlange auf, dann verschlang sie den Kopf der rechten Schlange.

»Ähm, Mister Gibson ...«, begann Phoebe.

»Ja, meine Teure«, sagte dieser. »Sie haben richtig gesehen. Und das Ganze ist mehr als eine makabre Illustration oder eine Sinnestäuschung. Man könnte sagen, es stellt die Geschichte der Entstehung des *De Vermis Mysteriis* dar.«

Phoebe warf Piper und Paige einen besorgten Blick zu und hielt die Luft an. »Okay, Mister Gibson«, sagte sie. »Bitte sagen Sie uns, was Sie wissen.«

13

»Das Buch haben zwei Brüder verfasst«, erklärte Samuel Gibson. »Zwillinge, eineiige sogar – ein Aspekt, der ziemlich wichtig ist und schon einiges erklärt.«

»Inwiefern?«, fragte Phoebe.

Gibson blätterte eine Weile, dann drehte er das Buch zu ihr um. Piper und Paige sahen ihr über die Schulter. Vor ihnen lag eine Abbildung, vermutlich ein Holzschnitt, wie an den groben Linien zu erkennen war. Dargestellt waren vier Figuren. Oder besser gesagt: zweimal dasselbe Figurenpaar. In der oberen Darstellung standen die beiden untergehakt Seite an Seite, in der unteren sahen sie einander an. Und in beiden Darstellungen sahen sie völlig gleich aus.

»Wer ist das?«, fragte Piper. »Kennen Sie ihre Namen?«

»Das sind Mileager und Malvolio de Vermis«, antwortete Samuel Gibson.

»De Vermis?«, wunderte sich Piper.

»So ist es«, bestätigte Gibson. »Auf ihrem Familienwappen war ein Wurm oder eine Schlange oder so etwas.«

»Also kann man den Titel ›Wurm-Mysterien‹ sowohl auf die beiden Männer als auch auf die Formelsammlung beziehen«, schloss Piper.

»Ganz genau«, sagte Samuel Gibson nickend. »Mileager war der Ältere von beiden.« Er tippte auf die rechte Figur in den beiden Abbildungen. »Er war seinem Bruder zwar nur um anderthalb Minuten voraus, aber manchmal genügt das eben schon.«

»Geschwisterrivalitäten«, kam Paige unvermittelt in den Sinn.

»Richtig«, erwiderte Gibson.

»Nicht, dass ich ... dass wir uns damit auskennen«, beeilte Paige sich zu beteuern, dann wurde sie rot.

Phoebe tätschelte ihr die Hand.

»Familiendynamik ist eine komplizierte Sache, besonders wenn Magie im Spiel ist«, erklärte Gibson.

Piper grinste. »Das kann man wohl sagen.«

»Und wie war das bei den Brüdern genau?«, fragte Phoebe. »Guter Zwilling, böser Zwilling?«

»Wieder richtig«, entgegnete Gibson. »Aber wie man fairerweise sagen muss, war es nicht von Anfang an so. Die Brüder standen sich über viele Jahre sehr nah, bis Mileager anfing, sich für Magie zu interessieren. Das hier ist sein Tagebuch. Er schreibt über vieles, auch darüber, wie sich die Beziehung zwischen ihm und seinem Bruder veränderte. Mit seinem magischen Wissen wurde Mileager de Vermis ein sehr mächtiger Mann.«

»Aber er war doch schon mächtig«, sagte Piper nachdenklich. »Er war der Ältere.«

»Das fand Malvolio offenbar auch«, wusste Gibson. »Und damit fing der ganze Ärger an. Das *De Vermis Mysteriis* war ursprünglich kein Werk des Bösen. Eigentlich sollte es in der Lage sein, Gutes zu tun. Mileager de Vermis machte sich daran, die mächtigsten Zauberformeln der Welt zu sammeln, besonders Formeln zum Heilen und zur Wiederherstellung des Gleichgewichts. Die Brüder de Vermis lebten in einer ziemlich turbulenten Zeit. Das Buch war Mileagers Mittel gegen das Chaos.«

»Zauberformel zur Wiederherstellung eines gebrochenen Herzens«, murmelte Phoebe.

»Ist das aus dem Buch?«, fragte Gibson.

Phoebe nickte. »Wenn es anfangs nicht böse war, wie ist es dann zu der Wandlung gekommen?«, wollte sie nun wissen.

»Hauptsächlich durch den Neid von Malvolio de Vermis. Je mehr Formeln sein Bruder sammelte, desto mehr drängte es Malvolio, sie zu beherrschen.«

»Aber weiße Magie kann man nicht wirklich beherrschen«, wandte Piper ein. »Man kann sie nicht dem eigenen Willen unterwerfen. Sie wirkt vielmehr durch die Person, die sie anwendet.«

»Das haben Sie schön erklärt«, lobte Gibson. »Sehr zum Schaden seines Bruders und dem der restlichen Welt hat Malvolio de Vermis das nie begriffen. Für ihn war die Magie ein Mittel zum Zweck, und er wollte grenzenlose Macht. Er hatte nur dieses eine Ziel vor Augen und nahm an, Mileager empfinde genauso. Da er aber glaubte, sein Bruder habe bereits mehr als genug Macht, wandte sich Malvolio de Vermis der einzigen Macht zu, die seiner Meinung nach etwas gegen die Formeln seines Bruders ausrichten konnte: der Macht des Bösen, der Macht der Finsternis.«

»Eine Schlange verschlingt die andere«, erkannte Phoebe.

»Genau.« Wieder nickte Samuel Gibson. »Die Brüder waren einander fast ebenbürtig, aber letztendlich hat Malvolio Mileager bezwungen, weil er bereit war, alles für den Sieg zu geben.«

»Was ist mit ihm geschehen?«, fragte Paige. »Mit Mileager, meine ich.«

»Das ist ein Teil des Mysteriums«, antwortete Gibson. »Niemand weiß es genau. Bekannt ist nur, dass Mileager de Vermis noch in seiner letzten Stunde seinen Bruder übertrumpfen konnte. Malvolio wollte die Macht des Buches, also gab Mileager sie ihm.«

Nun blätterte Gibson rasch ans Buchende, zu einer anderen Abbildung. Sie zeigte eine der beiden gleich aussehenden Figuren, wie sie in ein offenes Buch hineingezogen wurde. Aus ihrem Gesicht sprachen Wut und Verzweiflung. Es war offensichtlich, dass die Figur sich ein anderes Ende vorgestellt hatte.

»Er hat ihn in das Buch eingesperrt«, flüsterte Phoebe.

»Bis ans Ende aller Tage, um genau zu sein«, fügte Gibson ernst hinzu. »Mileager verschwand in demselben Augenblick. Was mit ihm geschah, ist nicht bekannt, da er es ja nicht mehr aufzeichnen konnte.«

»Das ist es!«, rief Phoebe und sprang auf. Erschrocken wich Gibson zurück. Hätte er nicht schon gesessen, wäre er glatt umgekippt.

»Was ist was?«, fragte Paige. »Du liebe Güte, Phoebe, sollten wir alle einen Herzinfarkt kriegen, oder was?«

»Deshalb zerstört das Buch die Pforten und versucht, die Passage zu vernichten«, erklärte Phoebe. »Wenn man die Passage zerstört ...«

»Geht die Welt unter«, sagte Piper leise. Ihr Blick ruhte auf der Abbildung. »Malvolio de Vermis will aus dem Buch raus!«

Plötzlich schien ein kühler Wind durchs Zimmer zu streichen, als hätten Pipers Worte ihn heraufbeschworen. Im Laden klimperten die Windspiele.

»Das ist merkwürdig«, raunte Samuel Gibson.

»Mehr als merkwürdig, würde ich sagen!«, schnaubte Phoebe.

»Nein, ich meine die Windspiele.« Gibson stand auf. »Ich habe doch die Tür abgeschlossen.«

Das war den drei Hexen offenbar in diesem Augenblick auch eingefallen.

»C.K.!«, rief Piper alarmiert und sprang auf. Doch Paige war schneller an der Bürotür, riss sie auf und sah als Erste die Befürchtung bestätigt, die ihnen plötzlich gekommen war. Die Eingangstür des Ladens stand weit offen. Die Windspiele, die unter der Decke hingen, klimperten immer noch. Außer ihnen bewegte sich nichts.

Paige drehte sich zu Piper und Phoebe um und sah sie mit vor Schreck weit aufgerissenen Augen an. »Sie ist weg!«

14

C.K. Piers raste die Strasse hinunter. Sie hatte keine Kontrolle mehr über ihren Körper. Eigentlich wollte sie gar nicht weglaufen, aber jedes Mal, wenn sie versuchte stehen zu bleiben, kam es ihr vor, als bohrten sich rot glühende Schürhaken in ihren Kopf, und sie hatte wahnsinnige Schmerzen.

Geschwächt und benommen wie sie war, gab es für sie nur eins: alles daranzusetzen, dass die Schmerzen aufhörten. Sie musste also tun, was immer ihr die Stimme in ihrem Kopf befahl.

Und die Stimme hatte ihr befohlen, das *Sehende Auge* zu verlassen. Sie musste an einen anderen Ort. Das war unglaublich wichtig. Wenn sie nicht rechtzeitig dort eintraf, würde sie bestraft.

Schneller, C.K.! Schneller!

»Ich laufe doch, so schnell ich kann«, schluchzte C.K. In diesem Augenblick stolperte sie über die Bordsteinkante.

Ach ja?

Die Stimme klang bedrohlich. Sie war weich wie Samt, zugleich kühl und glatt wie Seide, und C.K. lief es kalt den Rücken hinunter.

Dann wollen wir deine Behauptung mal überprüfen.

Aus Angst vor den schrecklichen Schmerzen zwang C.K. ihre erschöpften Beine, schneller zu laufen.

So ist es richtig, C.K.!, kam prompt das Lob. C.K. weinte vor Panik. *Lauf weiter! Lauf!*, setzte die Stimme sie unter Druck.

»Wir müssen sie finden«, rief Phoebe. »Sofort! So schnell wie möglich. Eigentlich ja noch schneller, aber ich bin dankbar für jeden Vorschlag.«

»Wie wäre es mit Pendeln?«, schlug Paige vor.

»Daran habe ich auch gedacht«, nickte Phoebe. »Aber wir brauchen etwas, das C.K. gehört, um ihre Spur aufnehmen zu können. Ihren Führerschein hast du wohl nicht mehr, Piper, oder?«

Piper schüttelte den Kopf. »Ich habe ihr alles zurückgegeben, und ihre Kleider hängen zu Hause auf der Wäscheleine.«

»Wir könnten in ihre Wohnung orben«, meinte Paige.

»Ich störe ja nur ungern«, meldete sich da eine vierte Stimme zu Wort.

Die drei fuhren auf. In der Aufregung um C.K. hatten sie Samuel Gibson ganz vergessen. Offenbar hatte er alles mit angehört.

»Ähm, Mister Gibson, ich glaube, das müssen wir Ihnen erklären«, begann Phoebe.

»Oh, das müssen Sie nicht, meine Teure«, entgegnete Gibson. »Besonders, da Sie und Ihre Schwestern ... Sie sind doch Schwestern, nicht wahr? Wo Sie doch von Geschwisterrivalitäten gesprochen haben ...«

Phoebe nickte.

»Sie haben es offenbar eilig«, fuhr Gibson fort. »Und ich möchte Sie nicht aufhalten. Die Lage ist schließlich ernst. Aber würden Sie mir vielleicht eine ganz kurze Frage beantworten, bevor Sie gehen? Stehen hier vielleicht die *Zauberhaften* vor mir?«

Phoebe starrte ihn mit offenem Mund an. Neben ihr gab Piper einen merkwürdig erstickten Laut von sich. Paige lachte erschreckt auf. In Sekundenschnelle traf Phoebe – ganz gegen ihre sonstige Gewohnheit – eine spontane Entscheidung.

»Sie sind ein schlauer Fuchs, Mister Gibson.« Sie zwinkerte ihm zu. »Woher wussten Sie das?«

Gibson strahlte vor Freude übers ganze Gesicht. »Ich habe, glaube ich, erwähnt, dass die Geschichte der Magie mein Hauptinteressengebiet ist. Und sie ist voller Hinweise auf die *Zauberhaften*. Mir ist auch das Gerücht zu Ohren gekommen, dass Sie hier leben, und zwar irgendwo in der Bucht. Ich habe insgeheim immer davon geträumt, dass eine von Ihnen eines Tages in meinen Laden kommt. Aber gleich alle drei zusammen ...« Er verstummte vor Ergriffenheit.

»Sie wissen aber, dass niemand erfahren darf, wer wir sind,

nicht wahr, Mister Gibson?«, fragte Phoebe. »Die meisten Menschen haben eine ganz andere Einstellung zur Magie als Sie.«

»Das weiß ich sehr wohl«, sagte Gibson sofort. »Und sehen Sie, ich weiß ja gar nicht, *wer* Sie sind. Ich weiß nur, *was* Sie sind. Ihre Namen haben Sie mir schließlich nicht genannt, oder? Dann belassen wir es einfach dabei. Obwohl ich natürlich hoffe, falls Sie je etwas benötigen ...«

»Sind Sie von nun an unsere erste Adresse, Mister Gibson«, versprach Piper.

»Tja, also«, stotterte Gibson und wurde knallrot. »Das ist zu freundlich. Lassen Sie sich nicht länger aufhalten! Ich hoffe, ich habe Ihnen geholfen.«

»Sehr sogar«, entgegnete Phoebe. »Vielen Dank, Mister Gibson.«

Rasch verließen die drei den Zauberladen. Draußen wartete Leo bereits auf sie. Er lehnte neben der Ritterrüstung an der Wand.

»Bin ich froh, dich zu sehen!«, rief Phoebe.

»Hey!«, protestierte Piper. »Das war mein Text!«

»In diesem Fall auch meiner«, bemerkte Paige.

Leo zwinkerte den Mädchen belustigt zu, wurde jedoch gleich wieder ernst. »Verstehe, daher die kosmischen Schwingungen! Was ist los?«

»C.K. ist verschwunden«, erklärte Phoebe ohne lange Vorrede. »Um sie zu finden, wollen wir es mit Pendeln probieren. Wir müssen in ihre Wohnung, und zwar sofort. Nimm du Paige und Piper mit. Ich rufe Cole auf dem Handy an und schicke ihn zu euch.«

»Warum gehen wir nicht alle zusammen mit Leo?«, fragte Paige.

Phoebe schüttelte den Kopf. »Wenn wir C.K. lokalisiert haben, brauchen wir ein ganz normales, alltägliches Transportmittel. Ich dachte, Ich drehe ein paar Runden in diesem Viertel, während ihr das Pendel befragt. Sie ist zu Fuß unterwegs. Besonders weit kann sie noch nicht gekommen sein.«

»Sei vorsichtig!«, warnte Leo sie.

»Bin ich«, versprach Phoebe. »Und ihr seht zu, dass ihr sie

aufspürt. Um Mitternacht fängt Allerseelen an. Dann laufen hier Unmengen von Toten rum. Und zwar ziemlich unglückliche, wenn Malvolio de Vermis schafft, was er vorhat. Die Zeit läuft, und sie ist nicht wirklich auf unserer Seite.«

»Mach dir keine Sorgen, wir finden sie«, sagte Piper zuversichtlich.

Die Frage war allerdings: Wann?

Hoch oben über der Stadt dehnte sich der Schatten wie ein dünnes Wolkenband aus und verschleierte die Sonne. Er ließ sich vom Wind über das Wasser tragen.

Noch immer war er auf der Suche. Jedoch zielstrebig und mit der Gewissheit, die zu finden, derer er bedurfte.

Bald, schon sehr bald, würde es so weit sein.

15

»Okay«, begann Paige. »Was genau brauchen wir?«

»Etwas Persönliches«, antwortete Piper. »Etwas, mit dem wir eine starke Verbindung zu C.K. herstellen können.« Suchend sah sie sich im Wohnzimmer von C.K.s picobello aufgeräumten Apartment um. »Hier werden wir wohl kaum fündig.«

»Bad oder Schlafzimmer«, schlug Paige sofort vor.

»Gehen wir zuerst ins Schlafzimmer.«

Paige nickte. »Alles klar.«

»Wisst ihr, ich glaube, man könnte C.K. richtig gern haben, wenn da nicht diese Sache mit den bösen Mächten wäre, die die Welt zerstören wollen«, fügte sie auf dem Weg ins Schlafzimmer hinzu. Dann stemmte sie die Hände in die Hüften und sah sich um. »Aber ich muss sagen, die Frau hat ein echtes Problem mit ihrem Ordnungsfimmel.«

Wie das Wohnzimmer war auch das Schlafzimmer in einem tadellosen Zustand. Es hatte nicht lange gedauert, die alte Ordnung wiederherzustellen, obwohl die Kräfte, die C.K. mit der Zauberformel heraufbeschworen hatte, ganze Arbeit geleistet hatten.

»Ich sehe da kein Problem«, wandte Piper ein. Sie war selbst sehr ordnungsliebend, und ein aufgeräumtes Zuhause hatte auf sie eine äußerst beruhigende Wirkung. Leider hielt die Ordnung im Hause der Halliwells, wo beinahe täglich Dämonen zu Besuch kamen, nie lange vor. Doch auch Piper fiel auf, dass in C.K.s Wohnung jegliche Erinnerungsstücke und andere private Gegenstände fehlten. C.K. schien nichts Persönliches aufzubewahren, was ihre Ordnung sehr steril wirken ließ. Und ihnen die Aufgabe wesentlich erschwerte.

Aber dann fand Piper endlich das, was aus dieser Wohnung C.K.s Zuhause machte: Zwischen den Kissen auf ihrem Bett saß ein alter Plüschteddy. Er war zwar so ordentlich positioniert wie alles andere im Raum, machte aber einen reichlich ramponierten Eindruck. Ein Ohr war umgeknickt, und der Riss an einer Pfote mit ungeschickten schwarzen Stichen genäht worden. Sein Pelz war an manchen Stellen völlig abgewetzt. Kurz gesagt, er sah alt und heiß geliebt aus.

»Der Teddy!«, rief Piper, aber Paige lief bereits auf das Bett zu, griff nach dem Stofftier und brachte es ihrer Halbschwester.

»Was noch?«

»Nichts. Wir orben nach Hause. Da haben wir die Karte.«

Wenige Augenblicke später verblassten die weißen Lichter, und Piper und Paige standen auf dem Dachboden. Piper faltete den Stadtplan auseinander. »Hoffentlich finden wir sie bald. Ich sage das ja nur ungern, aber ich befürchte, uns wird allmählich die Zeit knapp.«

Phoebe lenkte den SUV durch die Straßen von Berkeley. Mit einem Auge beobachtete sie den Verkehr, während sie gleichzeitig den Blick über die vielen Menschen auf den Gehsteigen links und rechts schweifen ließ. Normalerweise gefiel ihr das bunte Durcheinander in dem berühmten Universitätsviertel, aber an diesem Tag waren für ihren Geschmack viel zu viele Menschen unterwegs. Phoebe ging bei der Suche möglichst systematisch vor und umkreiste das *Sehende Auge* in einem immer größeren Radius.

Bislang war ihre Aktion jedoch erfolglos, eine solide Nullnummer.

Das einzig Positive war, dass sie Cole auf seinem Handy erreicht und ihm von C.K.s Verschwinden und von Samuel Gibson erzählt hatte. Cole wollte in Bereitschaft bleiben und wartete nun auf weitere Anweisungen.

Phoebe bog ab und brach zu einer neuen Runde durch das Viertel auf. Die Anspannung kroch ihr mit kalten Fingern in den Nacken.

»Okay«, sagte Piper, »los geht's!«

Sie kniete auf dem Boden und hielt den Teddy fest im Arm. In der anderen Hand hatte sie eine dünne goldene Kette mit einem Anhänger, die Paige auf C.K.s Kommode gefunden hatte. Piper holte tief Luft und ließ die Kette durch ihre Finger gleiten, bis der Anhänger, ein goldenes Herz, unmittelbar über der Karte pendelte. Dann schloss sie die Augen, konzentrierte sich auf ihre Aufgabe und sprach die Pendelformel:

»Sehende Wesen mit weisem Blick,
helft mir und lenkt mein Geschick!
Wo C.K. ist, das will ich sehen.
Egal wie fern, erhört mein Flehen!«

Sofort bewegte sich der Kettenanhänger und schwang schon bald energisch hin und her. Piper öffnete die Augen und spürte, wie die Kette in ihren Fingern heiß wurde. Rasch hielt sie das Pendel etwas höher.

Dann spannte sich die Kette ruckartig, und das goldene Herz drehte sich auf der Stelle. Eins, zwei, drei, zählte Piper im Kopf. Kette und Anhänger verharrten reglos.

Piper und Paige notierten sich die Ortsangabe und riefen Leo herbei.

»Ich sage Phoebe noch schnell Bescheid, sie wartet bestimmt schon auf unseren Anruf«, erklärte Paige.

Mittlerweile war die Kette in Pipers Fingern unerträglich heiß geworden, sodass diese sie fast fallen gelassen hätte. In der Nähe des Ortes, den das Pendel angezeigt hatte, musste sich eine riesige Energiequelle befinden.

»Sie soll bloß vorsichtig sein!«, mahnte sie.

»Sie ist in Berkeley am Hafen!«, gab Paige aufgeregt an Phoebe durch. »Piper sagt ... Was?«

Phoebe nutzte die Pause, um möglichst konzentriert über eine unübersichtliche Kreuzung zu kommen. »Piper fragt, ob du dich an dieses Wahnsinns-Restaurant erinnerst, wo ihr früher öfter mit Grams wart?«

»Dieses Fischlokal? Das mit dem besten Sauerteigbrot in der ganzen Bucht?«, gab Phoebe zurück.

»Ja, genau das«, bestätigte Paige nach rascher Rücksprache mit Piper. »C.K. ist da irgendwo in der Nähe.«

»Okay«, beschloss Phoebe. »Ich rufe Cole an. Soll er euch abholen, oder wollt ihr orben?«

»Wir orben«, erklärte Paige nach einer kurzen Pause. »Piper meint, da gibt es eine abgelegene Gasse, in der uns niemand bemerkt.«

»Okay, dann treffen wir uns da!«

Piper drückte auf die Hörertaste, um das Gespräch zu beenden, und dann auf die Kurzwahltaste für Cole. Während sie auf die Abbiegespur fuhr und ihren Blick auf den Verkehr gerichtet hielt, versuchte sie sich auszurechnen, was sie erwartete. Mit quietschenden Reifen bog sie um die Ecke.

In der Ferne heulten Sirenen los, als sie das Handy abschaltete.

16

Die heisse Luft, die ihnen plötzlich entgegenschlug, hätte Paige fast umgehauen. »Piper, um Himmels Willen!«, schrie sie ihre Halbschwester an.

»Was kann ich dafür!«, protestierte diese und hielt sich schützend die Hände vor das Gesicht. Sie, Leo und Paige standen in der Einmündung einer Gasse, zwischen zwei Lagerhäusern. Unmittelbar vor ihnen brannte lichterloh ein anderes Lagerhaus. Rasch wurden die alten, trockenen Balken von der prasselnden Feuersbrunst verschlungen. Bei Holz war offenbar eher Verbrennen angesagt als Schmelzen.

»Woher sollte ich denn wissen, dass das Restaurant gleich gegenüber von einer Pforte liegt?«

»Ex-Pforte«, korrigierte Leo, dessen grimmiges Gesicht im Schein des Feuers glänzte. »Seht ihr C.K. irgendwo?«

Piper beugte sich leicht vor und spähte auf die andere Straßenseite. Sie hatte das Gefühl, das Feuer versenge ihr die Haut. Durch den Rauch erkannte sie jedoch eine Gestalt, die vor dem brennenden Lagerhaus in der Gosse hockte.

»Da!«, rief sie. »Das muss sie sein!« In diesem Augenblick schien das Lagerhaus laut zu ächzen. Kurz darauf brach lautstark das Dach ein, Funken flogen, und die Flammen loderten hoch in den Himmel auf. Brennende Klumpen regneten auf den Gehsteig. Die Gestalt in der Gosse rührte sich nicht.

»Sie ist verletzt!«, schrie Piper und wollte instinktiv losrennen.

»Warte, Piper, lass mich gehen!«, befahl Leo und hielt seine Frau am Arm fest. »Ihr beiden bleibt ihr«, sagte er dann und bedachte auch Paige mit einem warnenden Blick. »Geht in Deckung!«

In diesem Moment drang über das prasselnde Feuer hinweg ein anderes Geräusch an Pipers Ohr. Aus der Ferne war Sirenengeheul zu hören. »Lauf, Leo!«, drängte sie.

Blitzschnell raste der *Wächter des Lichts* über die Straße. In der Einmündung der Gasse kauernd beobachteten Paige und Piper, wie er die zusammengesackte Gestalt erreichte, sich hinkniete und sie vom Boden aufhob. Dann kehrte er im Eiltempo wieder zurück.

Die Sirenen klangen bereits sehr nah. Noch ein paar Minuten, und dann würde die Polizei da sein.

C.K.s Gesicht war leichenblass, und sie hing schlaff in Leos Armen. Dort, wo die umherfliegenden Funken sie getroffen hatten, leuchteten roten Flecken auf ihrer Haut.

»Bitte sag, dass sie nicht tot ist«, keuchte Paige.

»Sie kann nicht tot sein. Das Ding, das sie kontrolliert, braucht sie lebendig«, entgegnete Piper. »Orb du sofort mit ihr nach Hause«, wies sie Leo an. »Und kümmere dich um sie. Paige und ich warten in der Zwischenzeit auf Phoebe.«

»Versteckt euch aber, bis ihr sie kommen seht«, warnte Leo.

»Machen wir«, versprach Piper.

Ohne ein weiteres Wort orbte Leo davon. Kurz nachdem der Wirbel aus weißem Licht verblasst war, kam am anderen Ende des Blocks der SUV der Halliwells um die Ecke. Die Sirenen wurden immer lauter.

»Phoebe! Hier sind wir!«, rief Paige.

Phoebe stieg auf die Bremse, als sie ihre Schwestern sah, und drehte sich nach hinten, um ihnen die Tür zu öffnen. »Schnell! Steigt ein!«

Piper und Paige rasten los. Piper hechtete als Erste in den Wagen, Paige kletterte hinterher und knallte die Tür zu. »Gib Gummi!«

Phoebe ließ den Motor des SUVs aufheulen. Mit quietschenden Reifen schoss der Wagen vorwärts und bog in einem Affenzahn um die nächste Ecke. Ein paar Blocks später nahm Phoebe den Fuß vom Gas und hielt sich wieder an die Geschwindigkeitsbegrenzung. Sie wollte nicht unnötig Aufmerksamkeit erregen, und obendrein war die Raserei gefährlich. »Alles in Ordnung?«, fragte sie und warf einen Blick in den Rückspiegel.

»Bei uns ja«, nickte Paige. Sie setzte sich auf, strich sich das Haar aus dem Gesicht und angelte nach dem Sicherheitsgurt.

»Und C.K.?«

»Leo ist mit ihr nach Hause georbt«, erklärte Piper und schnallte sich ebenfalls an.

Mit lautem Sirenengeheul bretterte in diesem Augenblick ein Feuerwehrwagen in Gegenrichtung an ihnen vorbei.

»Das war knapp«, stellte Phoebe fest.

»Zu knapp«, entgegnete Piper. »Und ich hasse es, wenn unsere Aktionen so aussehen, als würden wir vor der Polizei weglaufen.«

»Wir laufen ja auch vor der Polizei weg«, sagte Paige. »Das ist wohl leider unumgänglich. Dableiben und ausgequetscht werden, das bringt schließlich nichts. Dann wäre alles nur noch schwieriger, besonders, wo doch der letzte Anschlag deinem Club galt.«

»Das weiß ich ja«, räumte Piper leise ein. »Es ist nur . . . wegen Detective Anderson. Er strengt sich so an und wird die Sache doch nie verstehen.«

Mit Blaulicht und Sirenengeheul raste nun ein Krankenwagen an ihnen vorbei, gefolgt von mehreren Streifenwagen.

»Erklären können wir gar nichts«, meinte Phoebe, »aber wir können versuchen, ihm zu helfen.«

»Bring uns erst mal auf dem schnellsten Weg nach Hause, ja, Phoebe?«

Phoebe umklammerte das Lenkrad mit beiden Händen. »Wird gemacht!«

17

»Na, wenn das kein Déjà-vu ist, dann weiß ich auch nicht!« Cole war ziemlich grantig. »C.K. schläft sich oben aus, während wir hier unten überlegen, was wir tun sollen.«

»Ich war auch schon kurz vorm Durchdrehen«, bemerkte Paige, um Cole aus seiner offenbar schlechten Stimmung herauszuholen. Er war schon fast in Berkeley gewesen, als Phoebe ihn per Handy nach Hause umdirigiert hatte. Die Folge: Er war mitten in den Stau auf der Bay Bridge geraten, der praktisch zu jeder Tageszeit dort herrschte – in beiden Richtungen.

»Aber wie man mir sagte, ist das kontraproduktiv«, fuhr Paige fort.

»Heißt das, ich darf mich nicht mal abreagieren?«

»An uns jedenfalls nicht«, erklärte Phoebe, die soeben mit einem Tablett voller Sandwiches ins Wohnzimmer kam. Piper folgte ihr mit Chips und Getränken. Kaum hatten sie alles auf dem Couchtisch abgestellt, kam Leo die Treppe herunter.

»Wie geht es ihr?«, fragte Piper.

»Sie schläft.«

»Ach, was für eine Überraschung!«, spottete Cole.

»Cole, Süßer, Schatz«, sagte Phoebe und drehte sich, die Hände in den Hüften gestemmt, zu ihm um. »Uns allen tut es sehr Leid, dass du im Stau gestanden hast. Sehr! Wir verstehen, wie unangenehm das für dich war. Was wir nicht verstehen ist allerdings, warum du dich nicht allmählich abregst. Falls es dir entgangen sein sollte: Die Lage ist ernst, mehr als ernst. Meinst du nicht, das hat erst mal Vorrang?«

»Super – stell mich ruhig als egoistisch und kleinlich dar!«, beschwerte sich Cole.

Phoebe zog die Augenbrauen hoch. »Ach, ich dachte, das kannst du auch alleine!«

»Okay, Kinder, jetzt beruhigt euch wieder!«, warf Piper ein, nahm ein Roastbeef-Sandwich vom Tablett und gab es Cole. »Iss!« Phoebe reichte sie ein Sandwich mit Truthahn. »Du auch!«, forderte sie ihre Schwester auf. »Wir werden alle etwas essen, um uns zu stärken und unsere Gehirnzellen aufzuladen. Und dann überlegen wir, wie wir Malvolio de Vermis an der Durchführung seines teuflischen Plans hindern können. Wir haben noch bis Mitternacht Zeit, dann beginnt Allerseelen. Und ich fürchte, Malvolio wartet nicht länger, als er unbedingt muss. Vor allem, da er ja schon seit mehreren Jahrhunderten nichts anderes tut.«

»Tja, in einen Stau kommt er wohl kaum«, bemerkte Paige und machte sich eine Dose Soda auf.

Darüber musste sogar Cole lachen. Phoebe grinste und umarmte ihn. »Dann wecken Staus tatsächlich den Dämon in dir, hm?«

»Ja, aber von jetzt an kann ich auf Bus und Bahn umsteigen, nur für dich«, sagte Cole und lächelte sie endlich an.

»Das ist aber süß! Findet ihr nicht auch?«, rief Phoebe entzückt in die Runde.

Paige verdrehte die Augen. »Wenn ihr so weitermacht, kriege ich keinen Bissen mehr runter.«

Eine ganze Weile verbrachte der Halliwell-Clan schweigend mit dem Aufladen der Gehirnzellen.

Cole wurde bewusst, dass hinter seiner Wut über den Stau eigentlich das Gefühl der Machtlosigkeit und Verzweiflung steckte. Auch mit vereinten Kräften war es den Zauberhaften und ihren Partnern nicht gelungen, die Macht hinter dem *De Vermis Mysteriis* von einem erneuten Anschlag abzuhalten. Sie hatte den drei Hexen C.K. praktisch vor der Nase weggeschnappt.

Zumindest wissen wir, dass wir uns aufeinander verlassen können und vereint einen neuen Versuch starten werden, dachte Cole. Dieser Umstand versetzte ihn immer wieder in Erstaunen und war einer der maßgeblichen Unterschiede zwischen seinem jetzigen Leben und dem vorherigen im Dämonenreich, wo einer dem anderen in den Rücken fiel. Unter anderem durch die Fähigkeit zum Zusammenschluss waren die Zauberhaften das, was sie waren. Diese Fähigkeit stärkte sie und diejenigen, die an ihrer Seite kämpften.

Cole nahm einen Schluck Soda und stellte seine Dose auf einem Untersetzer ab. »Okay, ich bin jetzt fertig. Wer will mir erklären, was für einen Plan wir haben?«

»Na, das ist ja wohl ziemlich klar«, sagte Paige. »Wir halten Malvolio de Vermis davon ab, die Welt zu zerstören.«

»Das ist das Ziel«, korrigierte Cole. »Aber was ist unser Plan? *Wie* wollen wir ihn davon abhalten?«

»Wir müssen verhindern, dass weitere Pforten zerstört werden, so viel ist jedenfalls klar«, meinte Phoebe.

»Stimmt.« Cole nickte. »Aber ich frage noch mal: Wie wollen wir das machen?«

»Wissen wir überhaupt, wo sich noch andere Pforten befinden?«, wandte Piper sich an ihren Mann. »Wenn wir wüssten, wo sie sind, könnten wir sie irgendwie observieren.«

»Ich kenne ihre genauen Standorte nicht«, erwiderte Leo. Er hatte die Stirn in Falten gelegt und klang besorgt. »Aber vielleicht könnt ihr sie mit dem Pendel suchen.«

»Okay, tun wir das«, sagte Piper. »Vielleicht haben wir ja Glück, und es gibt nur noch eine Pforte! Dann wissen wir, wo Malvolio zuschlagen wird.«

»Und wo C.K. sein wird«, fügte Phoebe hinzu. »Wir müssen sie so gut es geht im Auge behalten. Was passiert, wenn sie uns entwischt, haben wir ja gesehen.«

»Ich will ja nicht schwarz malen«, gab Cole zu Bedenken. »Aber wir wissen doch nicht mal jetzt, ob sie wirklich da ist, wo sie sein sollte.«

»Paiges Zimmer kann sie nur über die Treppe oder durchs Fenster verlassen«, überlegte Piper. »Abgesehen davon kommt sie in ihrem Zustand bestimmt nicht weit.«

»Das spielt keine Rolle«, erwiderte Cole. »Malvolio de Vermis wird dafür sorgen, dass seine Kontaktperson sich einfindet, wo er sie braucht, egal in welchem Zustand. Wenn es ihm gelingt, die Passage zu zerstören, hat C.K. ihren Zweck sowieso erfüllt. Dann ist es ihm egal, ob sie überlebt oder nicht.«

»Unser kleiner Pessimist«, neckte ihn Phoebe.

»Immerhin war ich Bezirksstaatsanwalt. Jeder ist schuldig, bis seine Unschuld bewiesen ist«, gab Cole zurück.

»Was ist eigentlich mit C.K.?«, schaltete sich Paige ein. »Ich meine, können wir ihr vertrauen?«

Schweigen.

»Wenn sie bei sich ist, ja«, antwortete Piper schließlich. »Das Problem ist nur, dass sie Malvolio de Vermis nicht gewachsen ist.«

»Da ist sie nicht die Einzige«, schnaubte Cole.

»Okay, wenn ich daran denke, was wir *nicht* können, kriege ich Depressionen«, sagte Phoebe energisch. »Wie wäre es, wenn wir uns stattdessen auf die nützlichen Dinge konzentrieren, auf das, *was* wir können?«

Sie zählte die Punkte an ihren Fingern ab. »Wir können versuchen, die restlichen Pforten mit dem Pendel zu finden. Wir können C.K. überwachen. Das wird Malvolio zwar nicht davon abhalten, sie wieder zu missbrauchen, aber es erspart uns unangenehme Überraschungen.«

»Was ist mit dem *Buch der Schatten*?«, wollte Paige wissen. »Wir haben doch jetzt die Macht identifiziert, die hinter dem *De Vermis Mysteriis* steckt. Vielleicht hat das Buch etwas Neues zu sagen.«

»Da hast du völlig Recht«, stimmte Phoebe ihr zu. »Vielleicht hat es einen Aspekt beizutragen, den wir bislang übersehen haben.«

»Das ist doch eine sehr schöne Aufgabenliste«, lobte Piper und erhob sich schwungvoll von der Couch. »An die Arbeit! Paige, siehst du bitte nach, wie es C.K. geht? Leo und ich, wir pendeln die Lage der restlichen Pforten aus. Cole, vielleicht wirfst du einen Blick auf das *De Vermis Mysteriis* – ob es noch an Ort und Stelle ist. Aber was die unangenehme Überraschungen angeht . . .«

»Genau!«, nickte Cole. »Wisst ihr, ich habe mich gefragt . . .«

Er kam nicht dazu, den Satz zu beenden. Ein markerschütternder Schrei von oben schnitt ihm das Wort ab.

Alarmiert sprang Phoebe auf. »C.K.!« Dann flitzte sie zur Treppe, bevor Cole sie zurückhalten konnte.

18

»*P*HOEBE, WARTE! Du weißt doch gar nicht, was da oben los ist!«, schrie Cole und rannte seinerseits nach oben. Als er Phoebe eingeholt hatte, riss er sie zurück, und beide prallten an die Wand. Binnen eines Sekundenbruchteils zischte jemand an ihnen vorbei.

»Verflixt! *Keiner* von uns weiß, was da oben los ist!«, rief Cole. Aber da war Piper schon mit großen Sätzen die Treppe hochgelaufen.

»C.K.! Keine Angst! Wir kommen!«

»Piper, warte! Cole hat Recht!«, rief Phoebe.

Da ertönte ein weiterer Angstschrei aus dem zweiten Stock. Dann C.K.s entsetzte Stimme: »Nein, nein! Lass mich in Ruhe!«

Auf ihre Worte reagierte das, was sie so erschreckt hatte, mit einem schrillen, nervenaufreibenden Geräusch – als würden Hunderte rostige Nägel gleichzeitig aus einer Holzbohle gerissen. Phoebe hielt sich die Ohren zu und starrte wie gebannt auf den oberen Treppenabsatz, den Piper in diesem Augenblick erreichte.

»Piper! Achtung!«

Im allerletzten Moment bremste die Hexe ruckartig ab. Über ihrem Kopf schwebte wie eine Regenwolke ein gewaltiger dunkler Schatten. Die anderen sahen, wie er sich für einen Augenblick veränderte und menschliche Gestalt annahm.

Und dann – nachdem er sich zu einer Schlange zusammengerollt hatte, wie sie auf dem Wappen der Familie de Vermis abgebildet war – stürzte er sich auf Piper. Die streckte instinktiv die Hände aus, um den Angreifer zu vernichten. Doch das half wenig.

Die Hexe schrie auf, als der Schatten ihr in die Brust stieß, sie durchbohrte und auf der anderen Seite wieder herauskam. Die Knie wurden ihr weich, und sie brach mit bleichem Gesicht auf dem Treppenabsatz zusammen.

»Piper!«, schrie Phoebe. Seite an Seite raste sie mit Cole die Treppe hoch. Paige und Leo kamen hinterher.

Über ihren Köpfen stieß der Schatten noch einmal einen schrillen Schrei aus, dann bohrte er sich durch die Wand und verschwand. Obwohl Leo als Letzter losgerannt war, erreichte er seine Frau als Erster.

»Piper!«, flüsterte der *Wächter des Lichts* und richtete sie behutsam auf. Ihr Oberkörper war schlaff wie der einer Flickenpuppe, und ihr Kopf fiel gegen seine Brust.

Phoebe kniete sich hin und tastete mit fliegenden Fingern nach Pipers Puls, als sie C.K. aufschreien hörte.

»Oh mein Gott! Sie ist tot! Sie ist tot und ich bin Schuld!«

19

»Piper ist nicht tot!«, stellte Leo fest. Sachte hob er seine bewusstlose Frau vom Boden auf und lief mit ihr die Treppe hinunter. Die anderen sprangen zur Seite, um ihm Platz zu machen. Unten angekommen trug er Piper ins Wohnzimmer und legte sie auf die Couch. Fast augenblicklich war Phoebe an Leos Seite und gab ihm eine Decke, in die er Piper fürsorglich einwickelte. Falls sie unter Schock stand, brauchte sie Wärme.

»Ich hole ein Glas Wasser«, sagte Phoebe.

»Wir machen das schon«, erwiderte Paige rasch. Sie stand in der Wohnzimmertür und hatte sich bei C.K. untergehakt – um ihr Trost zu spenden, aber auch, damit sie nicht weglaufen konnte.

»Und dann kochen wir Tee. Das macht Piper immer in Notlagen, also tun wir das jetzt auch für sie. Komm mit, C.K.! Wir setzen schon mal Wasser auf.« Damit führte sie C.K. in die Küche.

Einen Augenblick später kehrte diese allein mit einem Glas Wasser zurück. Es war nur halb voll. Ihre Hände zitterten jedoch so heftig, dass das Wasser immer wieder über den Rand schwappte.

»Stell es bitte auf den Couchtisch, C.K.«, sagte Phoebe.

Im Zeitlupentempo, als fürchte sie, eine plötzliche Bewegung könne Piper weiteren Schaden zufügen, befolgte C.K. die Anweisung.

»Woher weiß er, dass sie okay ist?«, fragte sie und sah Leo, der neben Piper kniete, mit weit aufgerissenen Augen an.

Leo hatte die Augen geschlossen und hielt Pipers Handgelenk, wie um den Puls zu fühlen. Die andere Hand legte er ihr auf die Brust, genau dahin, wo der Schatten in sie eingedrungen war. Kurz darauf bekamen Pipers Wangen wieder einen Hauch von Farbe.

»Oh mein Gott!«, flüsterte C.K. mit Ehrfurcht in der Stimme. »Ihr habt ... auch Kräfte, nicht wahr?« Sie sah die anderen der Reihe nach an, und ihr Blick blieb an Phoebe und Cole hängen. »Alle!«

Phoebe traf noch einmal eine spontane Entscheidung – die zweite an diesem Tag. Und wieder ging es darum, einer wildfremden Person zu offenbaren, dass die Halliwells etwas Besonderes waren. »Ja, C.K., die haben wir«, antwortete sie leise.

C.K. angelte sich einen Stuhl und ließ sich darauf fallen, als wären ihr die Knie weich geworden. Tränen liefen ihr über die Wangen, aber sie schien keine Notiz davon zu nehmen.

»Sie kommt wieder in Ordnung, C.K.«, versuchte Phoebe sie zu beruhigen.

»Ich glaube dir ja. Es ist nur ... es klingt zwar albern und egoistisch in so einem Moment, aber ... ich bin froh, dass ihr übernatürliche Kräfte habt! Mein Leben lang habe ich gedacht, mit mir stimmt etwas nicht. Ich habe mich so allein gefühlt.«

»Mit dir ist alles in Ordnung, und du bist nicht allein. Das warst du nie«, krächzte Piper mit schwacher Stimme.

»Piper!«, rief C.K. und sprang auf.

»Anwesend!«, sagte Piper und setzte sich auf. »Uff«, stöhnte sie dann und rieb sich die Brust. »Allerdings ziemlich lädiert.« Ihr Blick fiel auf Leo. Liebevoll umfasste sie seine Wange. »Hallo!«

»Selber hallo«, entgegnete Leo lächelnd. »Willkommen zu Hause.«

»Ich bin froh, wieder hier zu sein.«

Mit einem Tablett, auf dem die Tassen klapperten, kehrte Paige in diesem Moment ins Wohnzimmer zurück. »Möchte jemand einen Tee?«

»Okay, also dann«, sagte Paige kurz darauf. Sie hatte allen Tee eingeschenkt und die Tassen herumgereicht. Auch Kekse hatte sie aus der Küche mitgebracht.

»Du willst mich wohl mästen!«, murmelte Phoebe, als ihre Halbschwester ihr den Teller reichte. »Ach so, jetzt weiß ich's! Du bist scharf auf das rote Kleid, das ich mir neulich gekauft habe.«

»Tja, du musst schon zugeben«, entgegnete Paige grinsend, als Phoebe sich ungeachtet dessen, was sie gerade gesagt hatte, zwei Kekse nahm, »Rot ist eigentlich meine Farbe.«

»Und sie passt ausgezeichnet zu Schwarz und Blau«, erwiderte Phoebe. »Stell den Teller weg, sonst gibt's Prügel!«

»Kekse, Cole?«, fragte Paige liebenswürdig.

C.K. konnte nur staunen. »Ich verstehe nur Bahnhof«, sagte sie ungläubig. »Das gerade war total seltsam und gruselig. Wie könnt ihr euch da so normal verhalten?«

»Wie sollen wir uns denn sonst verhalten?«, fragte Piper. »Wir *sind* normal. Und du auch. Wir müssen einfach unsere Akkus wieder aufladen – die nächste Katastrophe kommt früh genug.«

»Apropos«, schaltete sich Paige ein. »Ich möchte ja nur ungern die gute Stimmung verderben, aber was war das eigentlich, was Piper angegriffen hat? Ein Geist?«

»Nuuun«, entgegnete Phoebe gedehnt und nahm nachdenklich einen Schluck Tee. »Ein Geist wäre wohl der nahe liegendste Kandidat. Immerhin hatte C.K. vor, ihren Verlobten wieder zu erwecken, als sie diese Formel gesprochen hat.«

»Auf keinen Fall!«, warf C.K. ein und schüttelte energisch den Kopf.

»*Was* auf keinen Fall, C.K.?«, fragte Piper.

»Auf keinen Fall würde Jace mir Angst machen oder euch und mir schaden wollen. Er war immer sehr lieb ... als er noch gelebt hat. Menschen ändern doch nicht ihr Wesen, wenn sie tot sind, oder?« Sie bedachte die anderen mit einem misstrauischen Blick. »*Oder?*«

»Unter normalen Umständen eigentlich nicht«, gab Paige zur Antwort. »Aber die Situation war nun einmal alles andere als normal. Hinter dem Buch mit den Zauberformeln steckt ein ziemlich übler Hokuspokus.«

»Ursprünglich ja nicht«, wandte Phoebe ein.

»Stimmt. Aber trotzdem ... Außerdem muss man bedenken, dass Jace durch einen Unfall gestorben ist, also unerwartet. Im Leben mag er zwar ein wunderbarer Mensch gewesen sein, aber diese Todesart ist oft die Ursache für das Entstehen einer gequälten Seele.«

»Ja, aber ...«, stammelte Phoebe.

»Ich glaube nicht, dass es ein Geist war«, unterbrach Piper die Diskussion. »Es sah weder wie ein Geist aus noch fühlte es sich wie einer an.«

»Punkt eins ist definitiv richtig«, pflichtete Cole ihr bei. »Geister sehen meistens aus wie Geister und nicht wie Spezialeffekte im Kino.«

»Kannst du beschreiben, wie es sich anfühlte?«, fragte Leo.

»Hm, wie ...« Piper verfiel in nachdenkliches Schweigen und strich geistesabwesend über die Stelle, an der das Wesen sie durchdrungen hatte. »Wie Energie«, sagte sie schließlich.

»Energie?«, wiederholte Phoebe fragend.

Piper nickte. »Besser kann ich es nicht beschreiben. Übersinnliche Energie von der qualvollen Sorte. Das habe ich gespürt, als sie mich durchströmte: Kummer und Leid, Gefühle, die kaum zum Aushalten waren.«

»Das ist vielleicht eine Erklärung für sein Aussehen«, sagte Paige nachdenklich. »Das Ding kann keine menschliche Gestalt annehmen, weil es kein Mensch ist. Nicht ganz. Es hat nur einige menschliche Wesenszüge. Und zwar dunkle und schmerzliche.«

»Das ist es, ganz genau!« Piper nickte und sah C.K. kurz an, bevor sie fortfuhr. »Viele Menschen wünschten, sie könnten sich von Schmerz und Leid befreien. Der Person, die dieses Wesen erschaffen hat, ist das tatsächlich gelungen.«

»Du sprichst von mir, nicht wahr?«, fuhr C.K. bitter auf. »Du denkst, alles, was passiert ist – die schrecklichen Sachen, die ihr angedeutet habt –, das ist alles meine Schuld.«

»Nein, das glaube ich nicht, C.K.«, antwortete Piper ruhig, aber bestimmt. »Es gibt allerdings keinen Zweifel daran, dass eine Verbindung zwischen dir und dem bestehen muss, was hier vor sich geht.«

»Was geht hier denn eigentlich vor sich?«, fragte C.K. »Sagt es mir bitte! Ich will es wissen. Wenn ich damit in Verbindung stehe, wie du sagst, habe ich doch auch das Recht, alles zu erfahren.«

»Das ist wahr«, sagte Phoebe. »Und abgesehen davon sehe ich keinen Sinn darin, sie im Dunkeln zu lassen. Wenn sie weiß, womit sie es zu tun hat, kann sie vielleicht besser dagegen ankämpfen.«

»Dann beeil dich mit der Erklärung«, rief Cole. »Wir haben nicht viel Zeit.«

»Also, es ist so«, begann Piper. »In dem Buch, aus dem du die Formel hattest, dem *De Vermis Mysteriis*, ist so etwas wie ein böser Hexer gefangen. Als du die Zauberformel gesprochen hast, konnte er sich deiner bemächtigen.«

»Um genau zu sein«, fuhr Phoebe fort, »benutzt er dich, um verschiedene Bauwerke in San Francisco zu zerstören, die dazu da sind, die Energiebarriere zwischen der Welt der Lebenden und der der Toten aufrechtzuerhalten. Man nennt sie Pforten. Wird eine bestimmte Anzahl von Pforten zerstört, dann fällt die Barriere, und wir stehen im Grunde vor dem Ende der Welt.«

C.K. blinzelte nervös. Das musste sie erst einmal verdauen. »Okay«, begann sie nach einer Weile. »Ich habe zwar darum gebeten, dass ihr mir sagt, was los ist, aber ich glaube, ich habe meine Meinung soeben geändert.«

»Und jetzt?«, wollte C.K. kurz darauf wissen. »Wie setzen wir dem ganzen Hokuspokus denn nun ein Ende?«

»Gute Frage«, sagte Phoebe. »Nur leider wissen wir die Antwort auch nicht genau. *Noch* nicht jedenfalls.«

C.K. schnappte nach Luft. »Vielleicht ... ich meine, es ist vielleicht besser, wenn ...« Sie brachte den Satz nicht über die Lippen und schüttelte niedergeschlagen den Kopf. »Soll ich vielleicht gehen? Wie es aussieht, seid ihr viel besser dran, wenn ich nicht in eurer Nähe bin.«

»Ehrlich gesagt, sind wir alle viel besser dran, wenn du bei uns bleibst. Dann können wir dich nämlich im Auge behalten«, erklärte Cole.

»Ihr vertraut mir nicht«, stellte C.K. fest. Sie lief knallrot an, erwiderte aber dennoch Coles Blick.

»Wir vertrauen dir schon, C.K.«, entgegnete Phoebe. »Wir wissen ganz genau, dass du keine Schuld an den Vorfällen trägst. Aber wir wissen auch, dass dein Versuch, Jace zurückzuholen, einer sehr mächtigen schwarzen Magie mit bösen

Absichten Tür und Tor geöffnet hat. Und solange sie dich im Griff hat, bist du ein Teil des Problems. Daran führt kein Weg vorbei. Tut mir Leid.«

»Okay, alle mal die Luft anhalten!«, schaltete Piper sich unvermittelt ein. »Ich hatte gerade einen Geistesblitz: Vielleicht ist C.K. ja auch ein Teil der Lösung!«

»Wie denn das?«, fragte Paige.

Piper stand auf. »Ich würde sagen, das finden wir jetzt sofort heraus. *Buch der Schatten*! Alle auf den Dachboden! Im Laufschritt!«

20

»Bist du dir deiner Sache sicher?«, fragte Cole auf der Treppe. Piper und C.K. liefen vorweg, Paige und Leo folgten ihnen. Phoebe und Cole bildeten die Nachhut.

»Das *Buch der Schatten* konsultieren steht auf unserer Aufgabenliste«, rief Piper ihm ins Gedächtnis.

Cole schnaubte. »Das meine ich doch gar nicht, und das weißt du genau, Piper. Ich will dich nur darauf aufmerksam machen, dass du gerade einen ziemlich gewagten Schritt machen willst. Das habt ihr bis jetzt noch nie getan!«

»Da hat er Recht«, pflichtete Phoebe ihm bei. »Und ich sage das nicht nur, weil ... na, ihr wisst schon.«

»Also gut: Ja, ich bin mir meiner Sache sicher«, antwortete Piper, als sie die Tür zum Dachboden öffnete. Sie führte C.K. auf den Speicher, wartete, bis Paige und Leo oben waren, und drehte sich dann zu Phoebe und Cole um. »Sie ist ein Teil des Problems. Das wissen wir ja nun. Aber wenn mich mein Gefühl nicht täuscht, ist sie auch ein Teil der Lösung. Und um herauszufinden, ob das stimmt, muss sie dabei sein, wenn wir das *Buch der Schatten* zurate ziehen.«

»Von deinem Gefühl war vorhin aber nicht die Rede«, protestierte Phoebe. »Du hast gesagt, es wäre ein Geistesblitz.«

»Jetzt sage ich eben Gefühl.«

»Das ist etwas ganz anderes«, stellte Phoebe fest. »Aber bitte!«

Cole kam als Letzter nach oben und schloss die Tür. Wie aufs Stichwort drehten sich alle zum *Buch der Schatten* um.

»Ist es das, wofür ich es halte?«, fragte C.K.

Piper nickte. »Das ist ein Buch mit Zauberformeln. Und es ist dazu da, Phoebe, Paige und mir bei der Erfüllung unserer Lebensaufgabe zu helfen: Wir beschützen die Unschuldigen.«

C.K.s Miene hellte sich auf. »Also sorgen die Formeln in diesem Buch dafür, dass alles gut wird, ja?«

»So funktioniert das leider nicht, C.K.«, entgegnete Phoebe. »Dafür müssen wir schon selbst sorgen. Die Magie ist nur ein Werkzeug. Ein mächtiges zwar, aber keines, das etwas erledigt, was man selbst tun muss. Zum Beispiel den Unterschied zwischen richtig und falsch erkennen.«

»Gratuliere!«, rief Paige. »Du hast gerade die stark geraffte Kurzfassung der Einführungsvorlesung ›Magie für Anfänger‹ gehört.«

»Phoebe wollte damit sagen«, ergänzte Piper, »dass die Magie kein Allheilmittel für unsere Probleme ist. Man kann sie nicht einsetzen, um Probleme zu lösen, die mit einem selbst zu tun haben. Aber genau das hast du versucht, als du Jace mit der Zauberformel zurückholen wolltest. Du hast die Magie zu Hilfe gerufen, statt dich um dein Seelenheil zu kümmern.«

»Aber ich habe ihn nicht zurückgeholt«, protestierte C.K.

»Nein, das hast du nicht«, pflichtete Piper ihr bei. »Ich denke aber, die Ereignisse dieses Nachmittags haben bewiesen, dass du definitiv irgendetwas heraufbeschworen hast. Und wenn mich mein Gefühl nicht täuscht, wird die Sache ein für alle Mal ein Ende haben, wenn wir herausfinden, was du selbst dagegen tun kannst.«

Piper ging zum *Buch der Schatten* und winkte C.K. zu sich. »Du musst keine Angst haben. Dieses Buch ist ganz anders als das, aus dem du die Formel hast. Stell dich einfach neben mich und halte deine Hände darüber. Mit den Handflächen nach unten – so!«

Sie machte es vor. Nervös befolgte C.K. die Anweisung und streckte ihre Hände aus. Erst geschah gar nichts. Dann schlug plötzlich der Deckel des *Buchs der Schatten* auf. Eine Seite blätterte um. Dann noch eine und wieder eine. Und es dauerte nicht lange, da schlugen die Seiten so schnell um, dass ihre Ränder nur noch verschwommen zu erkennen waren. C.K.s Hände begannen zu zittern.

»Piper?«

»Bleib ganz ruhig. Mach dir keine Sorgen. Es gibt nichts, wovor du Angst haben müsstest.«

Als hätte sie mit ihren Worten ein geheimes Zeichen gegeben, hatte das Blättern plötzlich ein Ende, und eine Seite blieb aufrecht stehen. Einen Augenblick lang schwankte sie hin und her, als könne sie sich nicht so recht entscheiden. Langsam zog Piper sich zurück, sodass nur noch C.K.s Hände über dem *Buch der Schatten* waren. Mit einem Seufzen schlug die Seite um, und das Buch lag still.

»Okay, alle mal herkommen!«, bat Piper. »Mal sehen, was das Buch uns zu sagen hat.«

Es herrschte Totenstille auf dem Dachboden, als sechs Augenpaare ernst in das *Buch der Schatten* blickten.

»Au Mann!«, sagte Paige kopfschüttelnd. »Das ist ja oberseltsam. Das ist ...«

»Die Formel, mit der ich Jace von den Toten erwecken wollte«, flüsterte C.K. »Zauberformel zur Wiederherstellung eines gebrochenen Herzens. Was um Himmels willen macht die denn hier? Du hast doch gesagt, dieses Buch ist gut.«

»Das ist es auch. So wie zuerst auch das *De Vermis Mysteriis*«, erklärte Piper. »Eigentlich ganz plausibel, dass es Wiederherstellungsformeln enthält. Schließlich war es ehemals das Ziel von Mileager de Vermis, Formeln zur Heilung und Genesung zusammenzutragen.«

»Und was macht die Formel dann im *Buch der Schatten*?«, wunderte sich Cole.

»Ich glaube, das ist ein Wink mit dem Zaunpfahl«, antwortete Piper nachdenklich.

»Du meinst, um das Problem zu lösen, sollen wir auf C.K.s Formel zurückgreifen?«, hakte Phoebe nach.

»So ist es.«

»Seht mal, die Abbildungen sind anders«, bemerkte Paige. Sie beugte sich über Pipers Schulter und zeigte in das Buch.

»Stimmt«, sagte Piper. »Diese hier«, sie wies auf die Abbildung zweier Figuren, die sich umschlungen hielten, »war auch in dem Buch von de Vermis, aber da waren die Gesichter nicht zu sehen. Hier erkennt man sie.«

»Das ist doch mein Gesicht!«, erkannte C.K. »Ich bin in eurem Buch!« Bestürzt schlug sie die Hände vors Gesicht. »Ich weiß nicht, ob ich Angst haben oder mich geehrt fühlen soll.«

»Vielleicht beides auf einmal!«, riet Phoebe und klopfte C.K. mitfühlend auf die Schulter.

»Okay«, eröffnete Piper. »Alle Ohren auf Empfang? C.K. hat mit ihrem Zauber etwas heraufbeschworen – nur leider nicht das, was sie wollte. Du hast selbst gesagt, du konntest nicht um Jace trauern, C.K. Als hättest du deine Gefühle irgendwie abgekapselt.«

»Kummer und Leid.« C.K. begriff den Zusammenhang. »Das hast du gespürt, als dieses Schattending dich angegriffen hat, Piper! Du glaubst, das ist mein Kummer und mein Leid, stimmt's? Du glaubst, ich habe das Ganze heraufbeschworen.«

»Genau«, bestätigte Piper. »Und ich glaube nicht, dass Jaces Tod der eigentliche Grund für dein Leiden ist, obwohl er natürlich ein schrecklicher Schlag für dich war. Ich denke, das eigentliche Problem liegt woanders: Du hast nicht richtig um ihn trauern können. Das ist es, was dir das Herz gebrochen hat. Als du die Formel zur Wiederherstellung gesprochen hast, hat die heilende Kraft reagiert, die de Vermis ursprünglich schaffen wollte. Sie hat dir dein eigenes Leiden geschickt.«

»Schon wieder ein Geistesblitz!«, bemerkte Cole.

»Es wird noch besser«, entgegnete Piper. »Wir haben das Buch von de Vermis bisher als etwas sehr Böses angesehen. Aber schaut euch doch mal die zweite Abbildung im *Buch der Schatten* an!« Sie zeigte auf die Darstellung zweier identischer Figuren, Arm in Arm. Beide waren männlich, ganz sicher war keine davon C.K.

»Das ist neu. Diese Abbildung kennen wir noch nicht«, sagte Cole.

»Zwei von uns schon«, korrigierte Paige. »Das ist eine Darstellung der Gebrüder de Vermis. Sie befand sich in dem Buch, das Gibson uns gezeigt hat, und zwar im Tagebuch von Mileager de Vermis – er ist der Gute von den beiden.«

»Welcher ist er denn, der rechte oder der linke?«, murmelte Cole.

Phoebe stieß ihm in die Rippen. »Sehr witzig! Aber falls es irgendjemanden interessiert, ich habe auch noch eine Idee.

Die ganze Sache hat mit Wiederherstellung zu tun, nicht wahr? Deshalb will das *Buch der Schatten* unser Augenmerk auf die Formel aus dem Buch von de Vermis lenken.«

»Große Geister denken gleich«, stellte Piper fest und warf ihrer Schwester ein triumphierendes Lächeln zu.

Paige stöhnte auf. »Und manche Geister sind offenbar einfach zu langsam. Ich verstehe immer noch nicht, was ihr damit sagen wollt.«

»Puh, bin ich froh, dass du zuerst ausgepackt hast«, murmelte C.K.

»Darf ich einen Erklärungsversuch wagen?«, fragte Phoebe.

»Bitte sehr, nur zu!«, entgegnete Piper.

Phoebe holte tief Luft. »Okay, also ... Wir fragen das *Buch der Schatten* danach, wie wir Malvolio de Vermis daran hindern können, die Welt zu zerstören. Das Buch verweist uns auf C.K.s Formel. Es zeigt uns außerdem durch die Bilder, was wiederhergestellt werden muss. Erstens C.K.s Gefühlswelt: Sie darf ihr Leiden nicht länger verdrängen, daher hat die Formel all ihren Schmerz heraufbeschworen. Und zweitens die Gebrüder de Vermis. Auch hier muss etwas wieder zusammengefügt, heilgemacht werden, damit wir das Böse vernichten können.«

Sie atmete durch und drehte sich zu Piper um. »Wie war ich?«

»Ich würde sagen, das war klipp und klar.«

»Ihr wollt damit andeuten, ich muss meinen Schmerz annehmen?«, fragte C.K. »Dass ich all die dunklen Gefühle ständig mit mir rumtragen muss?«

»Nicht für immer, C.K.«, entgegnete Piper beruhigend. »Aber du musst deinen Kummer zulassen, wenn du ihn überwinden willst. Das kann dir auch die Magie nicht ersparen.«

»Das bleibt niemandem erspart«, ergänzte Paige. »Es gehört einfach zum Menschsein.«

»Aber ... ich habe Angst davor«, gestand C.K.

Piper nahm ihre Hand und drückte sie. »Das ist ganz normal. Und um die Wahrheit zu sagen, halte ich es für ziemlich gesund. Wenn man gesund ist, legt man auf Leiden keinen

Wert, C.K. Aber man muss akzeptieren, dass man auch mal leidet. Das gehört zum Leben. Es ist nicht einfach, aber leider notwendig. Und du wirst es schaffen, vertrau mir. Ich muss es wissen.«

C.K. riss die Augen auf. »Du hast auch jemanden verloren?«

»Das habe ich«, entgegnete Piper. »Und ich sage nur so viel dazu: Ich bin nicht sehr vernünftig damit umgegangen. Daraus habe ich gelernt, dass man seinen Schmerz ganz allein überwinden muss. Man muss stark sein.«

C.K. schob das Kinn vor. Sie war bereit, sich der Herausforderung zu stellen. »Okay, das kann ich schaffen«, sagte sie. »Und was jetzt?«

»Das wollte ich auch gerade wissen«, warf Paige ein. Sie legte sowohl Phoebe als auch Piper eine Hand auf die Schulter, um sich mit ihnen zusammenzuschließen. Und um den beiden, die gerade ihrer verstorbenen Schwester gedachten, beizustehen.

»Sehen wir uns noch mal die Abbildungen an«, schlug Piper vor.

»Das bringt doch nichts, Piper.« Coles wachsende Ungeduld machte sich in seinem Tonfall bemerkbar. »Die Gebrüder de Vermis werden Arm in Arm gezeigt, als wären sie die besten Kumpel. Wie wahrscheinlich ist das überhaupt?«

»Eher unwahrscheinlich«, räumte Piper ein. »Aber das bedeutet nicht, dass sie nicht trotzdem zusammenkommen können, Cole. Ich würde sagen, das *Buch der Schatten* zeigt ziemlich deutlich, was passieren muss, damit Malvolio de Vermis besiegt werden kann. Was getrennt wurde, muss vereint werden. Das bedeutet, die Brüder müssen irgendwie wieder zusammengeführt werden.«

»Immerhin wissen wir, wo Malvolio ist«, sagte Phoebe. »Er wurde von seinem großen Bruder in das *De Vermis Mysteriis* gesperrt. Aber was ist mit Mileager? Niemand weiß, was mit ihm geschehen ist, oder? Wir wissen ja nicht einmal, ob er noch lebt.«

»Doch, das wissen wir.« Leo meldete sich zum ersten Mal zu Wort. Er hatte die ganze Zeit geschwiegen, während die anderen das *Buch der Schatten* konsultierten. Nun drehten sie sich alle verblüfft zu ihm um.

»Das wissen wir? Seit wann denn?«, fragte Piper erstaunt.

»Seit ich mir – aufbauend auf deine – ein paar Gedanken gemacht habe«, entgegnete der *Wächter des Lichts*. »Ich glaube, ich weiß jetzt, was der *Hohe Rat* mir die ganze Zeit verheimlicht: den Aufenthaltsort von Mileager de Vermis.«

21

»Au Mann«, stöhnte Paige. »Ich weiß nicht, ob ich das überhaupt hören will!«

»Willkommen im Club!«, entgegnete Phoebe. »Okay, Leo, dann erklär uns bitte mal, was das heißen soll.«

»Das habe ich doch gerade gesagt. Meiner Meinung nach enthält uns der *Hohe Rat* den Aufenthaltsort von Mileager de Vermis vor. Erinnert ihr euch? Ich hatte das Gefühl, er verbirgt etwas vor mir.«

»Natürlich erinnern wir uns«, sagte Piper. »Aber wieso glaubst du, dass es um Mileager geht?«

»Es ranken sich schon seit Jahren Gerüchte um einen mächtigen Zauberer«, erklärte Leo. »Eigentlich mehr als das, das Ganze ist eher ein Märchen oder, wenn man will, auch eine prima Gute-Nacht-Geschichte. Man sagt, dass der Zauberer eine Zufluchtsstätte hat – er befindet sich sozusagen in Schutzhaft. Der *Hohe Rat* hält dessen Aufenthaltsort und Identität geheim, denn wenn er zum falschen Zeitpunkt wieder auftaucht, steht das Schicksal der Welt auf dem Spiel. Ich habe dieser Geschichte, um ehrlich zu sein, nie viel Bedeutung beigemessen. Es kursieren unzählige davon. Und es ist schwer zu beurteilen, welche wahr sind und welche nicht. Diese Geschichte macht allerdings schon sehr lange die Runde – seit Jahrhunderten.«

»Ein Zeitrahmen, der auf die Gebrüder de Vermis passen könnte«, bemerkte Paige.

»Moment mal!«, schaltete C.K. sich ein. »Wer ist der *Hohe Rat*? Und was ist ...«

Piper legte ihr eine Hand auf die Schulter. »Wenn das hier vorbei ist, erklären wir dir alles. Versprochen! Aber jetzt muss Leo erst mal zu Ende erzählen. Es ist wichtig.«

»Okay, wenn du das sagst«, fügte sich C.K.

»Also glaubst du, der Zauberer in der Geschichte ist Mileager«, fasste Phoebe zusammen. »Da könnte etwas dran sein, finde ich. Gibson, der Besitzer des Zauberladens, sagte, Mileager ist in dem Augenblick verschwunden, als Malvolio in dem *De Vermis Mysteriis* gefangen war. Seitdem hat man ihn nie wieder gesehen, und keiner weiß, wo er abgeblieben ist.«

»Das überzeugt mich alles noch nicht«, sagte Cole kritisch.

»Da ist noch mehr«, fuhr Leo fort. »Die Geschichte ist in einem Punkt sehr genau: Wenn es an der Zeit ist, wird der Zauberer sich zu erkennen geben. Mehr noch, er wird *wiederhergestellt*, wie es in der Geschichte heißt. Erst dann ist die Welt sicher.«

»Oh weh«, seufzte Piper, »schon wieder was mit Wiederherstellung.«

Leo nickte. »Das dachte ich auch. Deshalb habe ich mich überhaupt an die Geschichte erinnert.«

»Ich muss zugeben, das passt alles zusammen«, bemerkte Cole. »Aber warum sagt der *Hohe Rat* dir nicht einfach die Wahrheit über Mileager und erteilt dir die Order, brav abzuwarten?«

»Ich bitte dich!«, rief Piper, bevor Leo antworten konnte. »Du weißt wohl nicht, von wem du redest!«

»Stimmt, sorry«, entgegnete Cole. »Dann ist es vermutlich auch eher ungünstig, den *Hohen Rat* jetzt einfach danach zu fragen?«

»Eher ja«, antwortete Leo langsam. »In der Geschichte wird mit aller Deutlichkeit darauf hingewiesen, wie wichtig es ist, dass der Zauberer zum richtigen Zeitpunkt wieder erscheint. Wenn es sich bei diesem Zauberer tatsächlich um Mileager de Vermis handelt, wird der *Hohe Rat* seinen Aufenthaltsort erst preisgeben, wenn es seiner Meinung nach an der Zeit ist.«

»Und wenn dieses Timing nicht stimmt?«, fragte Piper besorgt. »Sollte Mileager nicht besser selbst entscheiden, wann es an der Zeit ist?«

»Da stimme ich dir zu«, sagte Leo mit ernster Miene. »Zumindest sollte Mileager darüber informiert sein, was los ist. Das Problem bei der Geschichte ist der Mangel an Details. Es ist schwer zu sagen, wo diese Zufluchtsstätte sein könnte. Vielleicht weiß Mileager de Vermis auch schon Bescheid. Ich glaube nicht, dass der *Hohe Rat* ihm absichtlich etwas vorenthalten würde. Falls die Geheimhaltung jedoch bedeutet, dass er von allem abgeschnitten ist –«

»Dann ist er völlig unvorbereitet, wenn der Zeitpunkt für seine Wiederherstellung kommt«, beendete Phoebe den Satz. »Und das wäre für die Welt ganz bestimmt nicht von Vorteil. Ich denke, man kann davon ausgehen, dass Bösewicht Malvolio kaum Wert auf ein Familientreffen legt, es sei denn, er könnte sich bei dieser Gelegenheit rächen. In dem Buch gefangen zu sein, hat ihm bestimmt ziemlich die Laune verdorben.«

»Das ist in jeder Hinsicht richtig, Phoebe«, nickte Leo. »Deshalb spiele ich auch mit dem Gedanken, etwas zu unternehmen.«

»Eine Aktion ohne Zustimmung des *Hohen Rats*?«, vergewisserte sich Piper.

»Genau, eine Aktion ohne Zustimmung des *Hohen Rats*«, bestätigte Leo.

Piper atmete tief durch. »Was hast du vor?«

»Es gibt eine spezielle Orbtechnik. Sie wird nicht oft verwendet, weil man sie kaum braucht. Normalerweise habe ich beim Orben immer eine Vorstellung von den physikalischen Gegebenheiten des Ortes, den ich erreichen möchte.«

»Was ist Orben?«, platzte C.K. heraus. Dann hielt sie verteidigend die Hände hoch. »Ich weiß – wenn das hier vorbei ist! Tut mir Leid, mein Mund war schneller als mein Kopf.«

Ein Lächeln huschte über Leos Gesicht. »Kein Problem.«

»Wie war das mit der besonderen Orbtechnik, Leo?«, hakte Paige nach.

»Man konzentriert sich dabei auf ein Individuum, statt auf einen Ort«, fuhr Leo fort. »Also gewissermaßen das Gegenteil von dem, was Paige tut, wenn sie Gegenständen befiehlt, in ihre Hand zu kommen. Ich würde mich von der Person, auf die ich mich konzentriere, anziehen lassen.«

»Okay, Auszeit!«, rief Phoebe. »Sieht da keiner von euch ein Problem? Mileager und Malvolio de Vermis sind Zwillinge, Leo. Sie sehen absolut gleich aus. Woher weißt du, ob du wirklich bei Mileager landest und nicht bei Malvolio?«

»Das weiß er eben nicht«, meldete Cole sich plötzlich zu Wort und gesellte sich zu Leo. »Deshalb werden wir ja auch zu zweit losziehen!«

22

»Was?«, riefen Phoebe und Leo gleichzeitig.

»Das ist doch nur vernünftig, Leo«, erklärte Cole. »Schließlich weißt du überhaupt nicht, was dich erwartet, selbst wenn du am richtigen Ort herauskommen solltest. Du kannst auf keinen Fall ohne Verstärkung gehen. Und ich meine, ich bin der optimale Kandidat dafür.«

»Da hat er Recht«, sagte Paige leise.

»Das gefällt mir ganz und gar nicht.« Auf Phoebes Stirn erschien eine tiefe Furche.

»Ich bin auch nicht gerade begeistert«, gestand Piper ein. »Aber andererseits bin ich mit Leo einer Meinung: Wir müssen etwas unternehmen. Überraschungsmomente gibt es sowieso schon genug in diesem Fall. Es wäre mehr als töricht zu riskieren, dass Mileager unter Umständen nicht informiert ist.«

»Es ist also beschlossene Sache«, sagte Leo. »Cole und ich versuchen, zu Mileager zu orben. Und dann müssen wir einfach improvisieren.«

»Einverstanden.« Piper nickte. »Inzwischen werden wir mit dem Pendel nach anderen Pforten suchen. Vielleicht fällt uns etwas ein, wie wir sie schützen können.«

»Klingt gut«, meinte Leo. Dann umarmte er Piper, und Phoebe fiel Cole um den Hals. Paige und C.K. standen nebeneinander und sahen der Abschiedszeremonie mit besorgter Miene zu. Paige hatte C.K. einen Arm um die Schulter gelegt.

»Bitte sei vorsichtig«, flüsterte Piper Leo zu.

»Bin ich doch immer«, entgegnete er. »Wir kommen so schnell wie möglich zurück.«

»Pass auf dich auf!«, warnte Phoebe.

»Wo bleibt denn da der Spaß?«, erwiderte Cole und gab ihr rasch einen Kuss. »Ich bin schneller wieder da, als du gucken kannst.«

Für den großen Abschied hakten sich die vier Frauen unter. Leo ging zum *Buch der Schatten* und konzentrierte sich auf die Abbildung der Zwillinge.

»Bereit?«, fragte Cole.

»Immer doch«, antwortete Leo.

Cole stellte sich neben ihn und legte ihm eine Hand auf die Schulter. Leo atmete tief durch und schloss die Augen. Einen Augenblick lang schien das Bild von Mileager de Vermis – wenigstens hoffte Phoebe, dass er es war und nicht sein Bruder – förmlich im Raum zu schweben, so stark war Leos Konzentration. Dann orbten Leo und Cole, begleitet von einem Wirbel aus weißem Licht, davon.

»Wow – beam me up, Scotty!«, staunte C.K. »Das nennt sich also Orben, ja?«

»Das ist Orben«, bestätigte Piper.

Plötzlich musste C.K. grinsen. »Sieht ziemlich cool aus. Meint ihr, Leo kann mich, wenn das alles vorbei ist, auch mal mitnehmen?«

»Das hat er schon«, sagte Paige. »Aber da warst du leider nicht bei Bewusstsein.«

»Du meine Güte!«, jubelte C.K. »Das ist ja der Hammer!«

»Okay, genug geschwätzt!«, befand Phoebe. »Wir haben jede Menge zu tun. Mal sehen, wie viele Pforten wir mit dem Pendel aufspüren können!«

Eine halbe Stunde später stand Piper vom Esstisch auf und rieb sich die müden Augen. Vor ihr lag die Karte von der Bucht, die sie und Phoebe beim Pendeln verwendet hatten. Die Lage der Pforten, auf die sie gestoßen waren, hatten sie mit Stecknadeln markiert.

Piper musterte die bunten Nadeln und runzelte missmutig die Stirn. »Das sind aber ziemlich viele Pforten geworden!«

»Kannst du laut sagen«, stöhnte Paige.

»Könnte ich, tu ich aber nicht«, gab Piper zurück. »Das Pendeln laugt mich immer total aus.«

»C.K. macht gerade frischen Tee«, sagte Phoebe und tätschelte Pipers Arm.

Ihre Schwester lächelte und nahm erneut die Karte mit den Stecknadeln unter die Lupe. »Ich sage es ja nur ungern, aber ... San Francisco, wir haben definitiv ein Problem.«

Es waren sechs Probleme, um genau zu sein.

Mehr Pforten, als sie beaufsichtigen konnten, selbst wenn sie Leo und Cole dazuholten und sich aufteilten. Und wenn sie sich trennten, brachte ihnen das unter Umständen mehr Probleme ein, als sie lösen konnten. Außerdem konnten sie ihre Kräfte dann nicht vereint einsetzen.

»Was nun?«, fragte Paige betrübt. »Wir können unmöglich alle sechs Pforten gleichzeitig bewachen. Und wir haben keine Ahnung, welche als Nächste dran ist. Was sollen wir tun – Streichhölzer ziehen?«

»Auf mich aufpassen«, sagte C.K., die gerade mit der Teekanne in der Hand ins Esszimmer kam. Sie stellte die Kanne auf den Tisch und setzte sich neben Paige, Phoebe und Piper gegenüber.

»Was hast du gerade gesagt?«, fragte Phoebe.

»Auf mich aufpassen«, wiederholte C.K. »Das ist doch sonnenklar. Jedes Mal, wenn eine von diesen Katastrophen passiert ist, war ich in der Nähe, stimmt's? Wenn ich die ganze Geschichte richtig verstanden habe, braucht Malvolio mich an diesen Orten. Ohne mich kann er das Ding gar nicht drehen, richtig?«

»Stimmt«, pflichtete Piper ihr bei.

»Und wenn *er* mich steuern und manipulieren kann, dann könnt ihr das bestimmt auch. Zerbrecht euch nicht den Kopf darüber, welche Pforte er als Nächstes angreift. Bleibt einfach bei mir, und ich führe euch hin. Dann müsst ihr nur noch rechtzeitig eingreifen und mich stoppen.«

»Ach, sonst noch was?« Paige verdrehte die Augen, klopfte C.K. jedoch anerkennend auf die Schulter. »Mir gefällt zwar dein Sprachgebrauch nicht – wir wollen dich nicht steuern und manipulieren wie der Bösewicht! –, aber ansonsten ist das wohl der beste Plan.«

»Ihr seid natürlich ganz anders als er«, entgegnete C.K. ernst. Sie beugte sich vor und sah die drei Hexen der Reihe nach an. »Ihr setzt mich nur ein, um ihn zu schnappen. Um ihn zu erledigen. Das ist etwas ganz anderes. Ihr akzeptiert mich, wie ich bin, mit allen Facetten. Das hat nach Jaces Tod niemand getan. Und selbst er hat mich nicht so verstanden wie ihr. Weil ihr über die Kräfte Bescheid wisst. Piper hat vorhin gesagt, ich sei nicht nur ein Teil des Problems. Ich bin auch ein Teil der Lösung. Lasst mich das beweisen. Lasst mich helfen!«

Die *Zauberhaften* schwiegen einen Augenblick und verständigten sich wortlos. Dann griff Piper über den Tisch nach C.K.s Hand. »Okay, C.K. Aber wir machen das Ganze auf unsere Art.«

23

»*I*ch glaube, du hast keine Ahnung, wo wir sind«, befürchtete Cole.

»Es genügt dir wohl kaum, wenn ich sage: nicht in San Francisco?«

Cole schnaubte empört.

»Habe ich mir gedacht«, seufzte Leo, stemmte die Hände in die Hüften und sah sich um.

Nachdem er versucht hatte, mit Cole zu der Zufluchtsstätte von Mileager de Vermis zu orben, waren sie in einem langen gläsernen Tunnel gelandet, der von kaltem, grellem Licht durchflutet wurde. Es war so hell, dass Leo wünschte, er hätte seine Sonnenbrille mitgebracht. Weil das Licht noch dazu stark blendete, konnte man kaum etwas sehen. Und es war nicht abzuschätzen, wie lang der Tunnel war und wohin er führte.

Zumindest schien klar zu sein, dass sie nicht zwischen die Buchdeckel des *De Vermis Mysteriis* georbt waren – definitiv ein Plus. Nun stellte sich allerdings die Frage, ob Mileager de Vermis irgendwo in der Nähe war, und wenn ja, dann wo.

Es gab nur eine Möglichkeit, das herauszufinden. Direkt hinter Cole und Leo endete der Tunnel. Das hatten sie gemerkt, als Cole einen Schritt rückwärts gemacht hatte und fast aus dem Tunnel gestürzt wäre. Leos schnelle Reaktion hatte ihn zum Glück davor bewahrt.

»Nun, immerhin wissen wir, in welche Richtung wir gehen müssen«, bemerkte Leo.

»Ein echter *Wächter des Lichts*! Immer bereit, Entscheidungen für andere mit zu treffen«, spottete Cole. Aber sein Grinsen verriet Leo, dass er dankbar für den Ausflug war und sich freute, mit von der Partie zu sein.

»Dir macht das Spaß, nicht wahr?«, fragte Leo. »Ich weiß nicht genau, ob das gerechtfertigt ist. Vergiss nicht, das hier ist eine ernste Angelegenheit.«

»Hey, ich kann doch ernsthaft sein und das Abenteuer trotzdem genießen«, entgegnete Cole. »Ich glaube, das nennt man vielseitig begabt.« Damit gab er Leo einen Klaps auf den Rücken. »Geh du vor!«

»Oh, vielen Dank!«

»Hey, ich bin nur die Verstärkung, schon vergessen? Das bedeutet, du gehst als Erster.«

Vorsichtig machte Leo einen Schritt, um die Tragfähigkeit des Bodens zu prüfen. Obwohl der durchsichtig war, erwies er sich als ziemlich stabil. »Scheint sicher zu sein«, erklärte er und ging mit zügigen Schritten in den Tunnel. Cole heftete sich an seine Fersen. »Wir wollen nur hoffen, das Baumaterial – was immer es ist – hält auch dein Ego aus!«

Cole musste lachen. Endlich entwickelte sogar Leo einen gewissen Sinn für Humor!

»Wie lange laufen wir jetzt schon?«, fragte Cole später.

»Ich habe nicht die leiseste Ahnung.«

Entschlossenen Schritts hatten sie sich auf den Weg durch den Tunnel gemacht. Aber leider waren sie noch keinen Meter vorwärts gekommen. Sie liefen und liefen, aber das Ende des Tunnels blieb immer direkt hinter ihnen. Es sah fast so aus, als löse sich jedes Stück, das sie zurücklegten, sofort hinter ihnen auf.

»Vielleicht ist das ein Test«, rätselte Cole. »Wenn wir lange genug aushalten, erweisen wir uns als würdig, mit dem Zauberer sprechen zu dürfen oder so was in der Art.«

»Vielleicht«, entgegnete Leo. »Obwohl der *Hohe Rat* eigentlich keinen Grund hatte, sich so etwas auszudenken. Die haben wohl nicht damit gerechnet, dass jemals jemand so weit kommt.«

»Vorausgesetzt, wir sind hier überhaupt richtig«, bemerkte Cole.

»Als Verstärkung bist du aber ziemlich pessimistisch!«

»Eher realistisch«, korrigierte Cole. »Ich meine, wollen wir mal ehrlich sein. Bislang haben wir nichts gesehen, was darauf schließen lässt, dass wir in der Nähe dieses Mileager de Vermis sind.«

»Das wurde aber auch Zeit«, sagte da eine Stimme. »Sie mussten doch nur meinen Namen aussprechen!«

Leo blieb abrupt stehen, sodass Cole mit ihm zusammenstieß. Ungläubig starrten sie in den Tunnel.

Vor ihnen stand ein junger Mann, prächtig gekleidet nach der Mode der italienischen Renaissance. Er trug ein Wams und Kniehosen. An den Füßen hatte er Stiefel aus weichem Leder. Von seinen Schultern flatterte ein kurzer Umhang. Auf dem Anhänger der dicken, silbernen Kette, die er um den Hals trug, prangte das gleiche Symbol wie auf dem Einband des *De Vermis Mysteriis* – zwei umeinander geschlungene Schlangen. Er machte eine tiefe Verbeugung. »Bitte verzeihen Sie mir, ich wollte nicht unhöflich sein. Aber Sie sind seit fast fünfhundert Jahren meine ersten Gäste.«

»Fünfhundert Jahre, so lange sind Sie also schon hier?«, fragte Cole.

»Ungefähr«, entgegnete Mileager de Vermis.

Cole und Leo saßen mit ihm in einem Raum, der wohl sein Wohnzimmer darstellen sollte. Obwohl die Wände durchsichtig waren wie in dem Tunnel, blendete das Licht nicht so stark, weil das Gemach mit prunkvollem Mobiliar aus Mileagers Zeit eingerichtet war.

Auf dem Boden lagen dicke Teppiche, und die unsichtbaren Mauern zierten Wandbehänge – allerdings war Cole noch nicht darauf gekommen, wie sie hängen blieben. Die drei Männer saßen um einen großen Tisch, Leo und Cole auf der einen Seite, Mileager ihnen gegenüber. Er hatte ihnen etwas zu trinken angeboten, aber sie hatten dankend abgelehnt.

»Sie hatten Recht mit der Annahme, dass ich der Zauberer bin, dem der *Hohe Rat* Unterschlupf gewährt hat«, sagte Mileager nun zu Leo. »Das war sehr schlau, auch wenn Sie sich mit Ihrem Kommen gegen den Rat aufgelehnt haben. Sie könnten große Schwierigkeiten bekommen, wissen Sie das?«

»Erst einmal danke«, sagte Leo. »Und ja, das weiß ich.«

Mileager de Vermis lachte, wurde aber gleich wieder ernst. »Es tut mir Leid. Mein Verhalten muss Ihnen merkwürdig vorkommen. Seien Sie gewiss, dass ich vollkommen bei Verstand bin. Sie haben ja keine Vorstellung, wie es ist, wenn man fünfhundert Jahre lang mit niemandem reden kann. Der *Hohe Rat* zählt eigentlich nicht, auch wenn er es gut meint. Ich muss Ihnen vermutlich nicht sagen, dass die ziemlich langweilig sind.«

Leos Mundwinkel zuckten verräterisch. Cole unterdrückte ein Grinsen.

»Aha, das wissen Sie also.«

»Nun«, erklärte Cole und zeigte dabei auf Leo, »er weiß es besser als ich.«

»Natürlich, verstehe.« Mileager nickte. »Ich kann mir gut vorstellen, dass Ihre Dienstherren – vielleicht sollte ich lieber ehemalige Dienstherren sagen – viel aufregender waren.«

Überraschtes Schweigen.

»Sie wissen Bescheid über mich ... über uns?«, fragte Cole nach einer Weile.

»Aber natürlich«, entgegnete Mileager de Vermis. »Ich bin hier zwar in Sicherheit, aber nicht unter Verschluss. Ich weiß sogar ziemlich viel über das Weltgeschehen. Und ich weiß selbstverständlich auch, dass es momentan große Schwierigkeiten gibt, an denen ich wohl nicht ganz unschuldig bin.«

»Dann werden Sie uns helfen?«

»Gewiss doch. Wenn es an der Zeit ist. Die Geschichten über mich sind keine Märchen. Es ist alles wahr, was erzählt wird: Ich kann meine Zuflucht nicht verlassen und erst etwas unternehmen, wenn die Zeit gekommen ist. Wenn die Umstände günstig sind. Wenn ich vorher versuche einzuschreiten, beschleunige ich das, was wir eigentlich verhindern wollen.«

»Das Ende der Welt«, murmelte Leo.

»Ganz genau.« Mileager nickte.

»Aber was werden Sie unternehmen?«, wollte Cole wissen.

Bei dieser Frage fiel ein Schatten auf das Gesicht von Mileager de Vermis. Der Zauberer hatte zwar ein jugendliches Erscheinungsbild, aber Cole fielen in diesem Augenblick die feinen Sorgenfalten um Augen und Mund auf. Der *Hohe Rat* hatte Mileager zwar vor dem Bösen bewahrt, aber Schmerz und Leid waren ihm nicht erspart geblieben.

»Ich werde das tun, wonach ich mich schon seit fünfhundert Jahren sehne und wovor ich mich zugleich fürchte«, antwortete Mileager leise. »Ich werde wieder mit meinem Bruder zusammenkommen.«

Als hätte ihn dieser Gedanke nervös gemacht, erhob sich Mileager de Vermis und schritt unruhig im Raum auf und ab. »Wie soll ich das mit Malvolio erklären?«, sagte er nach einer Weile. »Es ist wohl am einfachsten, wenn ich sage, er war von Geburt an neidisch auf mich. Wirklich von Geburt an. Das ist natürlich absurd. Als hätte ich etwas dafür gekonnt, dass ich als Erster auf die Welt kam. Aber ich bin nun mal der Ältere. Das lässt sich nicht leugnen. Ebenso wenig wie die Tatsache, dass dies zu der Zeit, in der wir geboren wurden, maßgebliche Auswirkungen auf unser beider Leben hatte. Ich wurde immer vorgezogen. Schließlich sollte ich den Besitz und die Ländereien meines Vaters erben. Mein Bruder und ich, wir standen uns früher eigentlich sehr nahe. Wir haben uns vieles verziehen, während wir zu Männern heranreiften. Aber dass ich der Erstgeborene bin, das hat Malvolio nie verwinden können. Das hat seine Liebe zu mir zerstört. Ich habe mein Leben lang gekämpft, dass dadurch nicht auch meine Liebe zu ihm zerstört wird.«

»*De Vermis Mysteriis*«, sagte Cole unvermittelt.

Mileager de Vermis sah ihn mit großen Augen an. »Das ist sehr scharfsinnig von Ihnen«, bemerkte er nach einer Weile. »Und, bitte verzeihen Sie mir, auch überraschend. Ich hätte gedacht, Ihr Begleiter« – er zeigte auf Leo – »käme als Erster darauf.«

»Das ist er bestimmt auch«, antwortete Cole ehrlich. »Aber er ist von der leisen Truppe, während ich alles sofort ausspreche, was mir in den Sinn kommt.«

»Das sollten Sie auch«, entgegnete Mileager. »Das ist ganz richtig. Und mit Ihrer Assoziation haben Sie Recht. Ich habe das Buch in der Hoffnung angefangen, die Sammlung von Formeln für Gleichgewicht, Heilung und Wiederherstellung würde mir helfen, mich mit meinem Bruder zu versöhnen. Aber das war leider ein Trugschluss.«

»Und als er versucht hat, das Gute, das Sie geschaffen

haben, ins Böse umzukehren, haben Sie ihn in das Buch verbannt«, sagte Leo leise. »Wahrscheinlich haben Sie gehofft, das könnte etwas bewirken – über das pure Einsperren hinaus.«

»Natürlich habe ich das«, nickte Mileager. »Ich hoffte, es würde ihn im Laufe der Zeit kurieren. Und auch da habe ich versagt.«

»Wie heißt es so schön?«, bemerkte Cole. »Aller guten Dinge sind drei.«

»Das will ich hoffen«, sagte Mileager de Vermis. »Denn ich werde wohl nicht lange genug leben, um es noch ein viertes Mal versuchen zu können.«

»Aber Sie sind wirklich entschlossen, ihn nicht gewähren zu lassen, ja?«, wollte Cole sich vergewissern. »Sie werden nicht in letzter Minute ganz brüderlich und sentimental und ziehen den Schwanz ein? Sie wissen, was auf dem Spiel steht, wenn wir verlieren?«

»Das weiß ich«, antwortete Mileager. »Auch wenn mir der Ausdruck, den Sie verwenden, nicht geläufig ist, ich kann Ihnen versichern, ich werde nicht kneifen. Ich werde tun, was getan werden muss, um Malvolio das Handwerk zu legen. Aber erwarten Sie nicht, dass ich es frohen Herzens mache. Was er auch tut, er wird immer mein Bruder sein.«

»Okay«, antwortete Cole und stand auf. »Ich glaube Ihnen.« Dann drehte er sich zu Leo um. »Ich würde sagen, wir zischen ab nach Hause und lassen die Mädchen wissen, dass wir uns auf Mileagers Hilfe verlassen können – wenn es an der Zeit ist, versteht sich. Bis dahin müssen wir uns eben so gut es geht allein durchschlagen.«

»Klingt vernünftig«, stimmte Leo zu. Er stand ebenfalls auf und reichte Mileager de Vermis die Hand. »Vielen Dank für Ihre Gastfreundschaft.«

»Oh, ich dachte, Sie haben verstanden«, sagte Mileager betroffen. Auf seinem Gesicht malten sich Besorgnis und Verwirrung ab.

Leo blieb wie angewurzelt stehen. Cole hielt die Luft an. »Warum habe ich das Gefühl, dass mir das nicht gefallen wird?«

»*Was* verstanden?«, fragte Leo.

»Die Art und Weise, wie dieser Ort hier« – Mileager breitete die Hände aus – »funktioniert. Es gibt mehrere Gründe, warum der *Hohe Rat* meinen Aufenthaltsort geheim halten will, und dabei geht es nicht nur um den Schutz meiner Person. Es geht auch um den Schutz Neugieriger. Als Sie diesen Ort betreten haben, wurden Sie, wie ich zuvor auch, seinen Gesetzen unterworfen. Sie können erst hier weg, wenn ich gehe. Wenn es an der Zeit ist.«

»Sie wollen sagen, wir sitzen hier fest!?«, fuhr Cole auf.

Überraschend hellte sich die Miene von Mileager de Vermis auf. »Mir ist gerade eine Erwiderung eingefallen, die ich schon oft gehört habe, aber selbst noch nie anbringen konnte«, erklärte er.

»Und um welche handelt es sich?«, fragte Cole.

Ebenso rasch, wie sie sich aufgehellt hatte, verfinsterte sich Mileagers Miene wieder. »Ich glaube, man sagt: voll erfasst!«

24

»*I*RGENDETWAS IST HIER FAUL«, ahnte Piper. »Wo bleiben die beiden bloß? Sie hätten schon vor Stunden zurück sein sollen.«

»Wenn du noch eine Runde drehst, ist der Teppich durch«, bemerkte Phoebe mit spitzer Zunge, denn ihre Schwester schritt unablässig im Wohnzimmer auf und ab.

»Das mache ich doch immer, wenn ich nervös bin«, entgegnete Piper. »Seit wann ist das ein Verbrechen?« Böse funkelte sie Phoebe an, die es sich in einem Sessel bequem gemacht hatte. »Das ist immer noch besser als Rumsitzen!«

»Ich spare Energie!«

»Ha!«, rief Piper, machte auf dem Absatz kehrt und marschierte erneut quer durchs Zimmer.

»Zumindest hat sie zwischendurch den Raum gewechselt«, räumte Paige beim Hereinkommen ein.

Zuvor war Piper nämlich in der Küche gewesen. Dann im Esszimmer, nachdem sie ein paar Bissen von dem chinesischen Essen heruntergewürgt hatte, das sie sich bestellt hatten, um bei Kräften zu bleiben. Ausnahmsweise hatte Piper nicht angeboten, etwas zu kochen, und Phoebe war froh darüber. So besorgt und zerstreut wie Piper war, hätte sie bestimmt einen Topf auf dem Herd vergessen und das ganze Haus in Brand gesteckt.

Aber was sie auch taten, es änderte nichts an der Tatsache, dass Cole und Leo seit Stunden fort waren. Schon viel zu lange. Und Mitternacht rückte immer näher – und damit die Konfrontation mit dem Bösen, das alles zerstören wollte, was den *Zauberhaften* lieb war.

Phoebe warf C.K., die ihr gegenüber auf der Couch saß, einen Blick zu. Sie war schon den ganzen Abend still und in sich gekehrt, aber das konnte man ihr nicht verübeln. Sie hatte schließlich allen Grund dazu, nervös und angespannt zu sein.

»Würdest du bitte damit aufhören, Phoebe?«, meldete sie sich nun plötzlich zu Wort.

»Womit denn?«, fragte Phoebe und richtete sich in ihrem Sessel auf. Ging es jetzt los? Fing Malvolio de Vermis nun an, C.K. zu manipulieren?

»Du weißt schon womit«, entgegnete C.K. aufgebracht. »Den ganzen Abend beobachtest du mich, als würdest du damit rechnen, dass ich jeden Augenblick loslege wie Linda Blair.«

»Wie Linda Blair? Was soll das heißen?«, wunderte sich Paige.

»Ihr wisst doch, in *Der Exorzist*. Da dreht sich ihr Kopf um die eigene Achse. Phoebe beobachtet mich den ganzen Abend und wartet darauf, dass ich mit irgendwelchen Tricks aufwarte, wenn das Böse über mich kommt. Nur fürs Protokoll: Ich bin es ziemlich leid.«

»Wir sind alle etwas strapaziert«, versuchte Paige zu schlichten.

»Bitte nicht in die Gegend spucken!«, warf Phoebe ein.

Piper hielt irritiert im Gehen inne. »Wie bitte?«

»Na, *sie* hat doch damit angefangen«, sagte Phoebe und zeigte auf C.K. »Sie hat den Exorzisten ins Spiel gebracht. Meinetwegen kann sich ihr Kopf um dreihundertfünfundsechzig Grad drehen, aber ich möchte anmerken, dass ich nichts vom In-die-Gegend-Spucken halte. Das ist viel zu ekelig, und abgesehen davon geht dieses grüne Zeug bestimmt nicht aus dem Teppich raus.«

»Ich habe nicht vor rumzuspucken«, beruhigte C.K. sie.

»Das hat Linda Blair bestimmt auch gesagt.«

Sie fingen alle an zu kichern. Phoebe war es gelungen, die angespannte Atmosphäre aufzulockern. Abwechselnd versuchten sie nun, Linda Blair nachzumachen, und konnten sich bald nicht mehr einkriegen vor Lachen.

Phoebe sah Piper an, die immer noch mitten im Wohnzimmer stand. »Das war mal nötig. Trotzdem mache ich mir natürlich Gedanken um Leo und Cole.«

»Okay. Jetzt können wir uns wieder besser konzentrieren.«

»Und was machen wir jetzt?«, fragte Paige.

Plötzlich merkte Phoebe, wie C.K.s Schultern zuckten und dann ganz steif wurden. »C.K.? Alles in Ordnung?«

C.K. verzog unvermittelt das Gesicht, als habe sie große Schmerzen. Mit weit aufgerissenen Augen streckte sie Hilfe suchend eine Hand aus. »Piper?«

»Bin schon da, Süße.« Rasch kniete Piper sich vor C.K. auf den Boden und nahm ihre Hand. Phoebe sah, wie ihre Schwester zusammenzuckte, so fest umklammerte C.K. deren Hand.

»Wie war das mit dem rotierenden Kopf?«, stöhnte C.K. »Macht euch bereit! Ich habe das Gefühl, gleich ist es so weit...«

»Wow!«, rief Paige aus. »Das Warten hat ein Ende!«

»Wann ist es denn nun so weit?«, fragte Cole. »Und ich rate Ihnen, sagen Sie nicht nochmal ›wenn es an der Zeit ist‹. Sonst kann ich für nichts garantieren.«

»Ich weiß nicht, was ich Ihnen sonst sagen soll«, entgegnete Mileager de Vermis. »Es tut mir Leid, aber das ist nun mal die Wahrheit. Daran führt kein Weg vorbei. Ich weiß, das ist schwer für Sie.«

»Es ist für uns alle schwer«, bemerkte Leo.

Cole öffnete den Mund, dann machte er ihn wieder zu. »Tut mir Leid, Leo. Du machst dir natürlich auch Sorgen.« Er wandte sich wieder an Mileager. »Und ich weiß, wir werden unsere Chance bekommen. Ich wünschte nur, wir könnten inzwischen irgendetwas tun.«

»Würde es Ihnen helfen, wenn Sie sehen, was passiert?«, fragte Mileager.

»Sie meinen, das geht?«

»Gewiss.« Bevor Cole etwas erwidern konnte, ging Mileager auf einen der Wandteppiche zu, mit denen sein Reich dekoriert war. Cole hatte ihn sich noch nicht genauer angesehen. Wie ihm nun jedoch auffiel, waren einige Figuren darauf zu sehen. Ihre Umrisse waren verschwommen, sodass sie nicht sehr gut zu erkennen waren.

Mileager de Vermis holte tief Luft, dann murmelte er leise ein paar Worte und legte die Hände an den Teppich. Der Stoff kräuselte sich wie im Wind. Plötzlich konnte man die Figuren klar erkennen.

»Das ist das Wohnzimmer der Halliwells!«, rief Cole. Aufgeregt liefen er und Leo auf den Wandteppich zu.

»Nicht anfassen!«, warnte Mileager und trat einen Schritt zurück. »Nur schauen!«

Cole sah verblüfft zu, wie die Figuren auf dem Wandteppich sich zu bewegen begannen. Das Ganze sah aus wie der größte Großbildfernseher der Welt, nur aus Stoff. »Da ist Phoebe!«

Leo nickte. »Und Piper. Paige und C.K. sind auch dabei. Niemand fehlt. Scheint alles in Ordnung zu sein.«

Noch, dachte Cole, behielt den Gedanken aber für sich. Wie es stand, wusste Leo genauso gut wie er.

»Wissen wir, wie spät es dort ist?«, wollte Cole von Mileager wissen. »Ich habe keine Ahnung, wie lange wir schon hier sind. Wie viel Zeit ist inzwischen vergangen?«

»Ich glaube, ich kann die Uhr auf dem Kaminsims sehen«, kam Leo Mileager de Vermis zuvor. »Es ist ...« Er wurde blass. »Es ist Viertel vor zwölf.«

»Nur noch fünfzehn Minuten«, sagte Cole. »Das wird allmählich knapp!«

»Sieh nur! Sieh dir C.K. an!«, rief Leo aufgeregt.

Auf dem Teppich war zu sehen, wie C.K. sich plötzlich vorbeugte und den Kopf zur Seite neigte, als habe sie große Schmerzen. Dann richtete sie sich ruckartig wieder auf. Obwohl er sie nicht in natura vor sich hatte, sah Cole ganz deutlich, wie der Wandel über sie kam. Plötzlich wirkte ihr Gesicht verkniffen und angespannt, und ihre Augen waren riesig. Sie streckte eine Hand nach Piper aus.

Dann bemerkte Cole, dass C.K.s Gesichtszüge verschwammen, als würden sie von einem anderen Gesicht überlagert. Mal war C.K. zu sehen, mal nicht. Offenbar war noch jemand hinzugekommen. Cole hörte, wie Mileager nach Luft schnappte.

»Malvolio!«

Als C.K. unvermittelt aufsprang und zur Tür lief, wich Piper erschrocken zurück und fiel zu Boden.

»Ihr Gesicht«, flüsterte Phoebe entgeistert. »Seht euch ihr

Gesicht an! Das ist letztes Mal nicht passiert. Jetzt hat Malvolio sie anscheinend völlig unter Kontrolle.«

Piper nickte, während Paige ihr auf die Beine half. »Da besteht kein Zweifel. Er wird definitiv stärker.«

C.K. sah sich mit funkelnden Augen im Raum um. »Ich brauche ein Auto«, rief sie im Befehlston. »Und ihr werdet mir eins geben.«

»Okay.« Vorsichtig stand Phoebe auf. »Kein Problem. Hast du was dagegen, wenn wir mitfahren?«

C.K. lächelte. »Ihr dummen Hexen. Ihr glaubt, ihr könntet mich aufhalten? Ich bin stärker, als ihr euch überhaupt vorstellen könnt. Keine Macht der Welt kann meine Pläne durchkreuzen.«

»Ich fasse das mal als Zustimmung auf«, erklärte Phoebe und lief in den Flur. Nachdem sie den Autoschlüssel aus ihrer Handtasche geholt hatte, warf sie ihn C.K. zu. »Du fährst!«

25

Piper klammerte sich auf dem Rücksitz an die Armlehne, als der SUV mit quietschenden Reifen um die Kurve raste. Paige war etwas blass um die Nase und rutschte ebenfalls wild hin und her. Phoebe saß vorn auf dem Beifahrersitz. Eigentlich hatte ja Piper neben C.K. sitzen wollen, aber Phoebe war ihr im letzten Augenblick zuvorgekommen.

Der SUV bog noch einmal ab, dann bretterte er einen Berg hoch. C.K. fuhr nun schon seit zehn Minuten mit der Unerbittlichkeit eines Raubtiers, das die Fährte seiner Beute aufgenommen hat. Die digitale Uhr am Armaturenbrett zeigte 23.55 an. Nur noch fünf Minuten, dann drohte möglicherweise das Ende der Welt.

In Gedanken waren die drei *Zauberhaften* bei Leo und Cole. Alles, was sie in ihrer Konzentrationsfähigkeit beeinträchtigte, schadete ihnen jedoch. Der Gegner, mit dem sie es zu tun hatten, war offenbar sehr stark und äußerst entschlossen. Und er hatte fast fünfhundert Jahre darauf gewartet, sein Ziel zu verwirklichen. Auch wenn die drei sich um Leo und Cole sorgten – diese Ablenkung konnten sie sich momentan einfach nicht leisten.

Piper beugte sich vor. »Hast du eine Ahnung, zu welcher Pforte wir unterwegs sind?«, raunte sie Phoebe zu.

Nach einer letzten Kurve bremste der Wagen vor einem hohen schmiedeeisernen Tor, und Paige war schneller mit einer Antwort bei der Hand als Phoebe. »Das soll ja wohl ein Witz sein!«, rief sie.

Sie standen vor dem Friedhof.

»Ein Friedhof!«, stellte Leo fest. »Irgendwie einleuchtend.«

»Ihr Bruder hat einen abartigen Sinn für Humor, Mileager«, bemerkte Cole. »Jede andere Pforte hätte es auch getan – aber nein, er sucht sich ausgerechnet die auf dem Friedhof aus.«

»Und was jetzt?«, fragte Leo.

»Wir tun, was wir bisher getan haben«, entgegnete Mileager. »So schwierig es auch ist, wir müssen abwarten.«

»Sagen Sie bitte nichts! Ich weiß!«, stöhnte Cole. »Bis es an der Zeit ist.«

C.K. nahm sich nicht einmal die Zeit, den Motor abzustellen. Sie riss die Tür auf, kletterte vom Fahrersitz und rannte auf das Friedhofstor zu.

»Hinterher!«, rief Phoebe Paige und Piper zu und riss den Schlüssel aus dem Zündschloss. Der SUV ruckte. »Wir dürfen sie nicht verlieren! Ich komme sofort nach!«

Piper und Paige kletterten aus dem Wagen und rasten hinter C.K. her. Das Friedhofstor war fest verschlossen und zusätzlich mit einer dicken Kette und einem Vorhängeschloss verriegelt. Es war ziemlich eindeutig, dass der Zutritt nach Einbruch der Dunkelheit verboten war.

C.K. brauchte nur eine Minute, um das Tor zu öffnen. Zunächst umklammerte sie die Gitterstäbe links und rechts von dem Vorhängeschloss. Dann murmelte sie eine Beschwörungsformel in einer Sprache, die Piper nicht verstand.

Das muss Latein sein, dachte sie.

Nun stieg ihr der intensive Geruch von Ozon in die Nase. Sie spürte förmlich, wie die Luft vor Elektrizität knisterte. Wind kam auf. Wo C.K.s Hände die Gitterstäbe umklammerten, wurde das Metall erst rot, dann weiß.

»Hilfe!«, hörte Piper Phoebe murmeln.

Weiß!, dachte sie. Glühend heiß!

Mit einem lauten Schrei warf C.K. den Kopf in den Nacken und stemmte sich gegen das Tor. An ihrem Hals traten die Adern hervor, so strengte sie sich an. Der Wind heulte durch die Bäume, als wolle er sie antreiben.

Mit einem lauten Quietschen sprang das Tor schließlich auf.

Piper blieb nicht einmal Zeit, Luft zu holen, da war C.K. bereits auf und davon. Die Haare flogen ihr wild um den Kopf. Ihre weiß glühenden Hände hielt sie vor sich ausgestreckt.

»Hinterher!«, brüllte Paige über den Wind hinweg und nahm mit Phoebe die Verfolgung auf. »Steh nicht so dumm rum, Piper! Komm schon!«

Ich stehe gar nicht dumm rum, dachte Piper, als sie sich in Bewegung setzte. Ich bete ...

Sie betete, dass sie mit ihrer Idee, wie Malvolio de Vermis zu stoppen war, richtig lag. Denn wenn nicht, konnte wohl keine Macht der Welt die Katastrophe verhindern.

Nicht einmal die *Zauberhaften*.

26

GEFOLGT VON PHOEBE, Paige und Piper rannte C.K. über den Friedhof. Sie schien genau zu wissen, wohin sie wollte, und lief, ohne auch nur einmal innezuhalten.

Phoebe hatte das Gefühl, sie werde dieses Erlebnis bis an ihr Lebensende nicht vergessen. Es war eine klare, frische Herbstnacht. Der erste November. Ausnahmsweise war kein Nebel aufgekommen. Für einen Ort, der eigentlich ruhig sein sollte, wirkte der Friedhof äußerst lebendig. Überall waren Geräusche.

Die Bäume schwankten und ächzten im Wind. Die Äste rieben aneinander, und das Knirschen – wie Fingernägel auf einer Tafel – ging Phoebe durch Mark und Bein. Sogar der kurz gemähte Rasen schien eine Stimme zu haben. Als der Wind über ihn hinwegfegte, gab er einen hohen klagenden Laut von sich.

Links und rechts von den verlassenen Wegen brannten kleine Laternen. Hier und da fiel ihr Licht auf ein Mausoleum oder einen reich verzierten Grabstein. Ein Stück weiter rechts beleuchteten zwei helle Halogenstrahler das Gesicht einer Engelsskulptur.

Das ist es!, wurde Phoebe plötzlich klar, als C.K. darauf Kurs nahm. Da will sie hin!

Malvolio de Vermis wollte das Ende der Welt herbeiführen, indem er einen Engel schmolz – äußerst passend, wie Phoebe zugeben musste. In diesem Moment begann die Uhr am Turm der Friedhofskapelle zu schlagen.

»Hört ihr das?«, keuchte Paige. »Es ist Mitternacht.«

Allerseelen. Showtime.

C.K. blieb ruckartig vor dem Engel stehen. Ihre Hände glühten immer noch, und sie hielt sie ausgestreckt vor sich. Entsetzt beobachtete Phoebe, wie das Glühen sich auf C.K.s Arme ausbreitete.

»Paige! Piper!«, brüllte sie in den Wind. »Wir müssen was tun!«

»Ich habe eine Idee«, schrie Piper zurück. »Kommt zu mir. Wir müssen unsere Kräfte vereinen.«

Phoebe und Paige leisteten der Bitte Folge. Jede legte Piper eine Hand auf die Schulter, sodass ihre Energien gebündelt wurden.

Mittlerweile hatte sich das Glühen auf C.K.s ganzen Körper ausgeweitet, und die Friedhofsuhr war am Ende des Countdowns angelangt.

Neun. Zehn. Elf.

Ein greller Blitz schoss aus C.K.s Fingerspitzen auf den Engel zu, aber da hob Piper die Hände. »Okay, los geht's!«, rief sie und machte eine rasche Vorwärtsbewegung, um ihre besondere Fähigkeit einzusetzen.

Die Fähigkeit, die Zeit anzuhalten.

Es schien zu funktionieren. Rings um die Zauberhaften erstarrte alles, auch der Wind erstarb. Der Energieblitz, der von C.K.s Händen ausging, stoppte wenige Zentimeter vor der Nase des Engels.

»Und was jetzt?«, keuchte Paige. »Wollen wir das vierundzwanzig Stunden lang machen, bis Allerseelen vorbei ist? Geht das überhaupt?«

»Ich weiß es nicht«, räumte Piper ein. »Aber etwas Besseres ist mir so schnell nicht eingefallen.«

»Moment mal, da passiert was!«, sagte Phoebe.

C.K.s Körper zuckte wie der einer Flickenpuppe, die man hin und her schleudert, nur in Zeitlupe. Der Energiestrahl ruckte ein Stück vorwärts.

»Moment mal!«, rief Paige und wiederholte unbewusst, was Phoebe gesagt hatte. »Das geht doch eigentlich gar nicht, oder? Sie sollte doch erstarrt bleiben!«

Plötzlich verstand Phoebe. »Sie selbst ist ja auch erstarrt«, erklärte sie. »C.K. ist hier, in unserer Zeit. Aber Malvolio de Vermis nicht. Er bewegt sich in einem zeitlosen Raum, und das schon seit fünfhundert Jahren, seit er im *De Vermis Mysteriis* eingesperrt wurde. Deshalb kann er sich Piper widersetzen.«

Wieder zuckte C.K.s Körper. Und wieder schoss der Energiestrahl vorwärts. Noch eine Bewegung, und er war am Ziel.

»Ich sage es ja nur ungern«, bemerkte Piper mit angespannter Miene. »Aber er gewinnt, Mädels. Ich halte nicht mehr lange durch, selbst mit eurer Hilfe nicht.«

Als hätte Malvolio de Vermis nur auf eine solche Aufforderung gewartet, trat die Zeit mit einem deutlich hörbaren Geräusch wieder in Kraft: Ein bedrohliches Zischen zeugte davon, dass Malvolios böse Energie auf den Engel traf.

Piper fiel erschöpft auf die Knie. »Tut mir Leid«, keuchte sie. »Ich kann nicht mehr.«

»Ist schon gut, Piper«, tröstete Paige ihre Halbschwester und kniete sich neben sie. »Du hast mehr getan, als jeder andere hätte tun können.«

Die Engelsskulptur erstrahlte nun in demselben unheimlichen, gleißenden Weiß wie Malvolios böse Energie. Die friedvollen Gesichtszüge des Engels begannen zu zerfließen, und die Skulptur schmolz im wahrsten Sinne des Wortes dahin. Dann schien sich ringsum die Luft zu verdichten.

»Hinlegen!«, rief Phoebe und warf sich bäuchlings auf den Boden.

Mit einer riesigen Hitzewelle explodierte der Engel. Geschmolzene Steinbrocken flogen in alle Richtungen. Ein lautes Krachen war zu hören, wie Donnergrollen und tosende Meereswellen zusammen, gefolgt von einem Augenblick absoluter Stille. Die ganze Welt schien den Atem anzuhalten. Dann spürte Phoebe, wie der Boden unter ihren Füßen zu beben begann, und eine riesige Energiewelle flutete über sie hinweg. Die Luft war von einem Geräusch erfüllt, das sie noch nie gehört hatte. Sie konnte es weder identifizieren noch beschreiben.

Langsam hob Phoebe den Kopf.

Die Toten waren gekommen.

»Die Pforte ist zerstört!«, stellte Leo bestürzt fest. »Die Passage ist hin, jetzt funktioniert die Energiebarriere zwischen den Lebenden und den Toten nicht mehr.«

Cole riss den Blick vom Wandteppich los, um Mileager de Vermis anzusehen. »Da, wo wir herkommen, sieht es ziemlich trübe aus. Wie lange sollen wir hier denn noch rumstehen, ohne etwas zu tun?«

»Wir tun doch etwas«, entgegnete Mileager, der immer noch auf den Wandteppich starrte. »Wir warten. Wir halten uns auf dem Laufenden. Bald ist es an der Zeit, schon sehr bald.«

»Wie bald?«, rief Leo. »Worauf warten wir eigentlich noch?«

»Auf meinen Bruder«, antwortete Mileager de Vermis. »Er muss wieder Gestalt annehmen. Ich kann mein Gefängnis erst verlassen, wenn er seins verlässt. Auf diesen Augenblick habe ich fünfhundert Jahre lang gewartet. Ich glaube, da können Sie sich auch noch ein Weilchen gedulden.«

»Seht sie euch an! Sie sind so glücklich«, rief Phoebe, die mit zurückgelegtem Kopf nach oben blickte. Der Himmel war voller Geister, die frohgemut zu ihren Liebsten auf der Seite der Lebenden zurückkehrten. Wie die Lebenden, denen sie einen Besuch abstatten wollten, wussten sie nicht, dass etwas nicht stimmte.

Noch nicht. Aber Phoebe hatte das Gefühl, sie würden es sehr bald herausfinden und ihre Vision wahr werden lassen. Die Toten würden sich gegen die Lebenden richten und beginnen, sie zu vernichten.

»C.K.! Wo ist C.K.?«, rief Paige.

»Da!«, anwortete Piper. Neben dem Sockel dessen, was einmal ein Engel gewesen war, hockte zusammengesunken eine reglose Gestalt. Piper kroch auf sie zu, Paige und Phoebe folgten ihr.

»Ist sie tot?«, fragte Paige beunruhigt. »Sie darf nicht tot sein. Wenn sie tot ist, kann ich sie nicht heilen.«

»Ich weiß es nicht. Ich hoffe nicht. Vielleicht ...«

»Piper! Paige! Stopp!«, schrie Phoebe plötzlich.

Piper sah hoch. »Oh Gott!«

Von C.K.s Körper stieg etwas auf, das aussah wie eine Säule aus dichtem, weißem Nebel. Kurze Zeit tanzte sie in der Luft wie die Geister. Dann sank sie aufrecht zu Boden und nahm menschliche Gestalt an.

»Bitte sagt mir, dass es nicht der ist, für den ich ihn halte«, stammelte Paige.

In diesem Augenblick schallte ein lautes Lachen durch die Nacht, und die Gestalt wurde lebendig. Ein Mensch aus Fleisch und Blut. Er streckte die Arme aus und räkelte sich, als sei er aus einem langen Schlaf erwacht.

»Malvolio de Vermis«, sagte Phoebe fassungslos.

»Zu Ihren Diensten, meine Damen«, entgegnete Malvolio lächelnd.

»Okay, da ist er! Da ist Ihr Bruder!«, rief Cole. »Es ist so weit. Gehen wir jetzt?«

»Nur Geduld«, entgegnete Mileager de Vermis.

»Geduld!«, schrie Cole. »Sind Sie wahnsinnig? Sie sagten, Sie warten auf Ihren Bruder, und jetzt ist er hier – da, meine ich. Worauf, zum Teufel, warten wir noch?«

»Ruhig Blut, Cole«, sagte Leo plötzlich und fasste seinen Begleiter am Arm. »Ich glaube, ich weiß, worauf wir warten. Guck mal auf den Wandteppich!

27

»Dann haben Sie wohl gewonnen«, gestand Piper ein, als sie sich mit Paige und Phoebe vom Boden erhob.

Malvolio de Vermis lachte wieder. »In der Tat. Sie haben mich nicht hindern können. Die Bemühungen, die Sie unternommen haben, waren allerdings auch recht kläglich.«

Piper stemmte die Hände in die Hüften. »Finden Sie? Mit dem Selbstbewusstsein hatten Sie noch nie Probleme, nicht wahr?«

Ich muss ihn in ein Gespräch verwickeln, dachte sie und beobachtete, wie Malvolio sich ein paar Schritte von C.K. entfernte, als wolle er seine Muskeln austesten. Er schien es zu genießen, wieder gehen zu können. Er torkelte zwar nicht, doch waren seine Bewegungen noch ungelenk und ruckartig. Offenbar musste er sich erst wieder an seinen Körper gewöhnen.

Jetzt weiß ich's!, dachte Piper, als sie ihre Geistesblitze und Eingebungen sortiert und sich einen Plan zurechtgelegt hatte. Er war zwar riskant und für sie selbst höchst gefährlich, aber es gab keine andere Möglichkeit. Nur so und nicht anders konnte sie das, was getan werden musste, in die Wege leiten.

Wie ihr auffiel, sah Malvolio nicht einmal in C.K.s Richtung. Nun, da die junge Frau ihren Zweck erfüllt hatte, interessierte er sich nicht mehr für sie.

Gut so!, dachte Piper. Je weniger Malvolio C.K. beachtete, desto besser, fand sie. Sie schlug sich vor die Stirn, als wäre ihr gerade etwas Wichtiges eingefallen.

»Moment mal. Was sage ich da!«, fuhr sie fort. »Wenn Sie kein Problem mit Ihrem Selbstbewusstsein hätten, dann hätten Sie Ihren Bruderneid schon vor langer Zeit überwunden. Vor fünfhundert Jahren, um genau zu sein. Ich mache Ihnen keine Vorwürfe, bitte verstehen Sie mich nicht falsch. Es ist schwer, der Zweite zu sein. Ich weiß, wovon ich spreche, das können Sie mir glauben.«

»Piper!«, flüsterte Paige und beobachtete entsetzt, wie

Malvolio de Vermis vor Wut ganz rot wurde. Funken stoben von seinem Kopf, als entlade sich seine Energie, und seine Bewegungen wurden noch eckiger. Die Wut schien ihm die Gewöhnung an seinen Körper zu erschweren. »Bitte sag mir, dass du weißt, was du tust!«

»Das hoffe ich doch sehr«, raunte Piper zurück.

»Du machst ihn nämlich ziemlich rasend.«

»Gut so.«

»Was soll das heißen – gut?«, zischte Phoebe. »Das ist immerhin der Typ, der gerade eine ganze Passage zerstört hat!«

»Haltet ihr euch einfach bereit, C.K. zu holen, ja?«, sagte Piper kurz angebunden und beendete damit die Diskussion. »Schnappt sie euch und lauft möglichst weit weg. Und denkt daran, was das *Buch der Schatten* uns gezeigt hat.«

»Wann?«, fragte Phoebe.

»Heute Nachmittag.« Piper wurde langsam ungeduldig.

»Nein, ich meine, wann sollen wir C.K. holen?«

»Keine Sorge«, erwiderte Piper. »Das merkt ihr schon.«

Damit ging sie auf Malvolio de Vermis zu. »Und dann hat Ihr Bruder Sie auch noch in dieses Buch gesperrt«, fuhr sie mit lauter Stimme fort. »Ich meine, sehen wir den Tatsachen mal ins Auge: Er hat gewonnen, und Sie haben verloren. Das hat Sie bestimmt ziemlich gekränkt. Ich hoffe nur, Sie leiden nicht an Klaustrophobie.«

Aus den Augenwinkeln registrierte Piper, wie C.K. sich bewegte und aufsetzte. Phoebe und Paige schlichen langsam auf sie zu.

»Du strapazierst meine Geduld, Hexe!«, brüllte Malvolio de Vermis. »Fordere meinen Zorn nicht heraus, ich warne dich!«

»Oh, um Himmels Willen!«, rief Piper und machte noch einen Schritt auf ihn zu. »Warum reden Sie so altertümlich daher? Sie werden Ihre Sprache aufpolieren müssen, besonders die Drohungen. ›Fordere meinen Zorn nicht heraus!‹ ist schon vor ungefähr zweihundert Jahren aus der Mode gekommen.«

Mit einem wütenden Aufschrei streckte Malvolio de Vermis die Hände aus und schoss einen zornroten Energiestrahl auf Piper ab.

Paige und Phoebe flitzten zu C.K., halfen ihr auf die Beine und machten sich aus dem Staub. Im letzten Augenblick warf Piper sich zur Seite, und der Energiestrahl traf einen Grabstein. Als er explodierte, stieg ein Feuerball in die Luft. Die Hexe nutzte ihren Schwung, um eine Rolle zu machen und aufzuspringen, wie sie es von Phoebe gelernt hatte.

»Ach«, sagte sie dann und drehte sich zu Malvolio um. »Sie haben mich ja gar nicht getroffen. Vielleicht sind Sie ein wenig eingerostet.«

Wieder hob Malvolio die Hände.

»Nein!«, schrie C.K. plötzlich. »Piper!«

Malvolio de Vermis schoss einen zweiten Energiestrahl ab, doch Piper schnippte nur mit den Fingern und ließ ihn erstarren. Wie ein riesiger Kugelblitz verharrte er in der Luft.

»Hey, jetzt funktioniert es.« Lässig trat sie zur Seite und löste den Energiestrahl aus der Erstarrung. Sofort schlug er in das Gebüsch ein, vor dem sie gestanden hatte. »Gratuliere!«, fügte sie an Malvolio gerichtet hinzu. »Sie haben gerade bewiesen, dass Sie wissen, wie man ein Lagerfeuer macht.«

Es hatte den Anschein, als beginne sogar die Luft um Malvolio de Vermis vor Wut zu schäumen. »Ich will verdammt sein«, zischte er mit zusammengebissenen Zähnen, »wenn ich mich von einer Frau überlisten lasse!«

»Nehmen Sie es nicht persönlich«, entgegnete Piper herablassend. »Lächerliche kleine Zauberer wie Sie überliste ich täglich.«

Malvolio de Vermis brüllte vor Wut. »Du hältst dich wohl für sehr schlau«, schrie er. »Aber ich bin schlauer als alle Hexen der Welt!« Er hob die Hände über den Kopf. »Ihr Toten, erhört mich! Seht, was diese Hexe angerichtet hat! Ihr seid gekommen, um wie gewohnt eure Liebsten zu besuchen. Aber diese Hexe hat verhindert, dass ihr zurückkehren könnt!«

Piper widerstand der Versuchung, sich nach Phoebe, Paige und C.K. umzusehen. Malvolio de Vermis schien sie völlig vergessen zu haben. Er konzentrierte sich jetzt ganz auf Piper.

Genau das hatte sie erreichen wollen. Jetzt wurde es Zeit loszulegen.

»Ich habe ein äußerst schlechtes Gefühl dabei«, flüsterte Paige.

»Dann sind wir schon zwei«, antwortete Phoebe.

Die Geister der Toten versammelten sich um Malvolio und schwebten über seinem Kopf. Sie wirbelten in immer kleiner werdenden Kreisen durch die Luft und sahen Piper aufmerksam an.

»Ihr könnt nicht dahin zurückkehren, wo ihr hingehört«, fuhr Malvolio fort. »Ihr müsst für immer in der Welt der Lebenden bleiben. Aber ihr selbst werdet nie lebendig sein können. Ihr seid für immer tot. Eure Liebsten werden euch fürchten und hassen. Sie werden sich gegen euch wenden und euch fortjagen. Ihr werdet für immer und ewig Ausgestoßene in der Welt der Lebenden sein.«

Unter den Geistern erhob sich ein lautes Wehklagen, das immer heftiger wurde. Und dann sprengten die Toten plötzlich den Strudel um Malvolio, als sei er ihnen zu eng geworden, und rasten direkt auf Piper zu.

Ein kleines Kind war zuerst bei ihr. Es wirbelte um sie herum, stürzte sich auf ihren Rücken und krallte seine Hände in ihr Haar. Die Hexe schrie vor Schmerz auf, als ihr Kopf nach hinten gerissen wurde.

»Phoebe, deine Vision. Sie wird wahr«, flüsterte Paige bestürzt.

»Ich weiß«, sagte Phoebe nur.

»Oh nein!«, stöhnte C.K. Aneinander geklammert beobachteten sie das Geschehen. Piper machte keine Anstalten, die Geister zu verjagen. »Warum wehrt sie sich nicht? Warum greift ihr nicht ein?«

»Weil nur du ihr helfen kannst, C.K.«, antwortete Phoebe ruhig.

»Was soll das heißen? Ich verstehe nicht, was du damit sagen willst!«, rief C.K und versuchte, sich von Paige und Phoebe loszureißen. »Lasst mich los! Lasst mich zu Piper.«

»Du musst nicht zu ihr«, erklärte Paige. »Du kannst sie von hier aus retten.«

»Wie denn?«, flehte C.K., als Piper erneut aufschrie. »Sag mir wie!«

»Sei ein Teil der Lösung, wie Piper schon gesagt hat.«

Plötzlich hörte C.K. auf, sich zu wehren. »Es geht um das Leiden«, erkannte sie. »Ihr wollt, dass ich ihre Gefühle auf mich nehme.« Sie zeigte auf die Geister, die Piper umringten. »Verzweiflung. Kummer. Schmerz.«

»Was wir wollen, spielt keine Rolle. Du musst es wollen, C.K.«, entgegnete Phoebe. »Für Jace konntest du nichts tun, aber Piper kannst du helfen. Allerdings nur, wenn du es wirklich willst.«

»Ich will!«

Wie aufs Stichwort tauchte plötzlich der Schatten auf, der Piper zu Hause angegriffen hatte. Pechschwarz, wie er war, verdeckte er sogar die Sterne am Himmel.

»Lasst mich bitte los!«, bat C.K.

Phoebe und Paige ließen sie gewähren und traten zurück. C.K. streckte die Hände gen Himmel.

In diesem Augenblick schien Malvolio de Vermis sich wieder an sie zu erinnern und drehte sich um. »Nein!«

»Zu spät«, bemerkte Phoebe.

»Du gehörst mir, komm zu mir zurück!«, rief C.K. und breitete die Arme aus. Sofort kam der Schatten auf sie zugerast und schlug ihr in die Brust, mitten in ihr gebrochenes Herz. Die junge Frau flog rückwärts durch die Luft und landete mit einem lauten Plumps auf dem Rasen. Paige und Phoebe rannten zu ihr.

C.K. lag flach auf dem Rücken. Die Augen hatte sie weit aufgerissen. Die Hände ruhten auf ihrer reglosen Brust. Dann blinzelte sie plötzlich und holte zitternd Luft.

»Sieh nur!«, sagte Phoebe.

Tränen kullerten über C.K.s Wangen.

»Sie hat es geschafft«, stellte Paige fest.

28

»*E*NDLICH!«, RIEF MILEAGER DE VERMIS. »Endlich ist es so weit!«

»Wurde aber auch Zeit!«, knurrte Cole.

Mileager drehte sich zu Leo und Cole um. »Danke für Ihren Besuch. Nun werde ich vollenden, was vor so langer Zeit begonnen hat. Ich werde tun, was getan werden muss. Ich glaube nicht, dass wir uns noch einmal wieder sehen.«

»Alles Gute!«, sagte Leo.

»Ihnen auch«, entgegnete Mileager mit einem leisen Lächeln. »Halten Sie sich bereit, auf dieselbe Weise fortzugehen, wie Sie gekommen sind«, warnte er. »Diese Zufluchtsstätte hat keinen Daseinszweck mehr, sie wird nicht mehr lange bestehen.«

Als hätte Mileager mit seinen Worten ein Zeichen gegeben, begann der Raum erst zu beben, dann zu schwanken. Schon lösten sich die Wände auf. Leo stolperte, als der Boden unter seinen Füßen unvermittelt nachgab. Cole packte ihn rasch am Arm.

»Verschwinden wir!«, rief er.

»Ich komme mit.«

»Das will ich doch hoffen.«

Leo fasste Cole an der Schulter und orbte mit ihm davon. Als Letztes sah er noch, wie die Zufluchtsstätte sich vollständig auflöste und Mileager de Vermis mit einem grellen, weißen Blitz verschwand.

»Piper! Ich komme!«, rief Paige.

Während Phoebe sich um C.K. kümmerte, rannte sie auf ihre Halbschwester zu, die zusammengekauert auf dem Boden lag. Ihr Gesicht war blutig und zerkratzt, ihre Kleidung zerrissen. Aber zumindest hatten die Geister ihre lebensbedrohlichen Angriffe eingestellt. Sie tanzten aufgeregt über ihr in der Luft, als wüssten sie nicht wohin.

C.K.s Entscheidung, ihre Trauer zuzulassen, zeigte offensichtlich Wirkung. Sie schuf ein Gegengewicht zu Malvolios bösen Kräften. Nun war nur noch eines nötig, damit das Zünglein an der Waage vollständig auf die Seite der Zauberhaften umschlug.

»Alles in Ordnung?«, keuchte Paige, als sie sich neben Piper fallen ließ und ihr half sich aufzurichten.

»Mach dir um mich keine Sorgen. Das wird schon wieder. Wie geht es C.K.?«

»Sie weint.«

»Das ist ja großartig«, freute sich Piper. »Ist die Kavallerie schon aufgetaucht?«

»Noch nicht. Aber sie wird wohl hoffentlich jeden Augenblick da sein.«

»Seht mal!«, rief Phoebe plötzlich. Zwischen ihr und den anderen beiden glitzerte mit einem Mal die Luft, und Leo und Cole orbten herbei.

»Oh, Gott sei Dank!«, schluchzte Piper.

Sofort trennten sich die Männer. Leo rannte zu Piper und Cole zu Phoebe.

»Achtung!«, rief er. »Ich glaube, jetzt kommt das große Finale!«

Und schon tauchte Mileager de Vermis neben seinem Bruder auf. Einen Augenblick lang blieben die Zwillinge voreinander stehen und starrten sich an. Es war ihre erste Begegnung seit fünfhundert Jahren.

»Dann hat das Ganze jetzt endlich ein Ende«, sagte Malvolio schließlich.

»Ganz genau«, bestätigte Mileager. »So oder so.«

»Ich bestimmte, wie es endet!«, schrie Malvolio wütend. »Du warst schon immer überall der Erste. Jetzt wirst du auch als Erster sterben!«

Er hob die Hände und schoss einen Strahl reine, dunkle Energie auf seinen Bruder ab. Mileager machte keine Anstalten auszuweichen. Er kam sogar noch einen Schritt näher!

»Was tut er da?«, fragte Paige erstaunt.

»Seine Pflicht«, antwortete Leo ernst.

Der Energiestrahl traf Mileager mitten in die Brust. Er stolperte ein paar Schritte nach hinten, ging dann aber wieder auf seinen Bruder zu.

»So kämpfe doch! Warum wehrst du dich nicht?«, schrie Malvolio. Wütend schoss er einen weiteren Energiestrahl ab. Wieder wich Mileager nicht aus, ging jedoch in die Knie, als er getroffen wurde. Und wieder stand er auf und näherte sich seinem Bruder.

»Ich werde nicht gegen dich kämpfen, Malvolio«, eröffnete er diesem und kam noch einen Schritt näher. »Ich werde doch nicht gegen mich selbst kämpfen. Du und ich, wir sind gleich.«

»Das ist nicht wahr! Ich bin nicht wie du! Überhaupt nicht!«

Mileager machte wieder einen Schritt, dann noch einen. Weniger als zwei Meter trennten ihn nun noch von seinem Bruder. »Oh doch, das bist du«, sagte er. »Und ich bin wie du. Zusammen sind wir auf die Welt gekommen, und zusammen werden wir sterben. Für uns gibt es nichts anderes. Der eine kann nicht ohne den anderen leben. Ist dir das nicht auch schon klar geworden?«

Er breitete die Arme aus.

In Malvolios Gesicht spiegelten sich die widersprüchlichsten Gefühle wider. Die Hoffnung rang mit dem Hass, der Schmerz mit der Liebe.

»Nein!«, rief er schließlich. »Nein, ich will nicht! Ich habe dich mein Leben lang gehasst. Das wird sich jetzt nicht ändern!«

»Das ist nicht wahr, Malvolio.« Mileager stellte sich direkt vor seinen Bruder. »Mich hast du noch nie gehasst – immer nur dich selbst!«

Mit einem lauten Aufschrei fiel Malvolio auf die Knie und schlug die Hände vors Gesicht. Ohne zu zögern hockte Mileager sich neben ihn und legte seinem Bruder einen Arm um die Schulter. Durch Malvolios Körper ging ein Ruck, dann blieb er ruhig.

»Lass uns dem Hass und dem Kampf ein Ende setzen. Gib mir deine Hand.«

Malvolio de Vermis hob den Kopf. Einen Augenblick lang starrten sich die Brüder an. Dann hob Malvolio langsam einen Arm und legte ihn Mileager um die Schulter. Zum ersten Mal seit fünfhundert Jahren waren die Brüder vereint.

»So«, sagte Malvolio.

Mileager lächelte. »Gut gemacht, Bruder. Endlich ist es vorbei.«

Kaum hatte er diese Worte ausgesprochen, hüllte ein grelles, weißes Licht die Brüder ein. Paige hielt sich die Augen zu. Als sie die Hände wieder sinken ließ, waren die Brüder verschwunden. Einen Moment lang schienen ihre Umrisse noch in der Luft zu verharren, dünne, weiße Linien in der Dunkelheit. Dann verblassten auch sie.

»Mileager hatte Recht«, sagte Paige. »Es ist tatsächlich vorbei.«

»Noch nicht ganz«, bemerkte Phoebe, die mit Cole zu den anderen kam. »Seht mal!«

C.K. stand an der Stelle, wo Phoebe und Cole sie zurückgelassen hatten. Aber sie war nicht allein. Ein Geist schwebte an ihrer Seite. Und C.K. strahlte vor Freude.

»Jace«, rief Paige. »Er ist zurückgekommen!«

»Ich vermute, er war schon die ganze Zeit hier«, sagte Piper leise. »Aber sie kann ihn erst sehen, seit sie die Tatsache akzeptiert hat, dass er tot ist.«

»Das klingt plausibel«, erklärte Phoebe. »Ein psychologischer Umkehrschluss sozusagen.« Ihr Blick fiel auf Pipers zerfetzte Kleidung und ihr zerkratztes Gesicht. »Geht es dir gut?«

»Ich hätte nichts gegen ein schönes heißes Bad und eine Session mit dem Erste-Hilfe-Kasten einzuwenden«, meinte Piper. »Aber ansonsten geht es mir gut.«

»Du warst unglaublich tapfer«, lobte Cole sie. »Ich glaube allerdings, Leo hat das Ganze nicht sonderlich gefallen.«

»Ich habe mich zu Tode gefürchtet«, entgegnete dieser. »Metaphorisch ausgedrückt, natürlich.« Er strich Piper über den Kopf. »Aber ich bin auch sehr stolz auf sie.«

»Fahren wir nach Hause«, schlug Paige vor. »Mir wird ganz schlecht bei so viel Gefühlsduselei.«

29

*O*BWOHL SIE EINE ANSTRENGENDE NACHT hinter sich hatte, stand Piper am nächsten Morgen früh auf. Sie hantierte allein in der Küche und genoss die Sonne, die durch die Fenster hereinschien, und den Duft von frischem Kaffee. Behaglichkeit lag in der Luft.

Jetzt ist alles wieder im Gleichgewicht, dachte sie, als sie Mehl, Zucker, Salz und Backpulver in ihrer blauen Lieblingsrührschüssel mischte. Sie warf Butterstückchen hinein und fügte dann die flüssigen Zutaten hinzu, die sie zuvor bereitgestellt hatte. Anschließend füllte sie den Teig in eine Backform und verteilte Streusel darauf. Einen Augenblick später schob sie Grams berühmten Mokkakuchen in den Backofen.

C.K. hatte den Tod ihres Verlobten letztendlich akzeptiert. Die Gebrüder de Vermis hatten sich wieder vertragen. Ihre Versöhnung hatte die Energiebarriere zwischen den Lebenden und den Toten wiederhergestellt. Um Mitternacht war Allerseelen vorbei, und die Toten kehrten für ein Jahr in ihr Reich zurück.

Alles ist wieder so normal, wie es hier nur sein kann, dachte Piper und stellte die Backofenuhr ein. Sie war natürlich nicht so naiv zu glauben, es gäbe nie wieder eine Katastrophe, aber sie war froh, eine weitere Aufgabe gemeistert zu haben.

»Hey, was treibst du denn so früh schon hier?«, fragte Phoebe. »Und was hast du mit dem Kaffee gemacht?«

»Er steht da, wo er immer steht«, antwortete Piper und schenkte ihrer Schwester eine Tasse ein. »Was ist?«

»Du backst einen Mokkakuchen, hab ich Recht?«, fragte Phoebe. »Prues Lieblingskuchen.«

Piper nickte. »Hm. Ich musste an sie denken, als ich wach wurde. Glaubst du, ihr Geist wird uns jemals besuchen, Phoebe?«

»Ich weiß es nicht, Piper. Ehrlich. Aber wo immer sie ist, sie liebt uns genauso wie wir sie. Das weiß ich, und das wird sich niemals ändern.«

»Ich weiß«, sagte Piper sanft.

»Meinst du, C.K. kommt zurecht?«, fragte Phoebe nach einer Weile. Sie nahm ihre Kaffeetasse entgegen und lehnte sich an die Küchentheke.

»Ja.« Piper begann, die Rührschüssel abzuwaschen. »Ich denke schon. Obwohl ich glaube, sie braucht etwas Hilfe dabei, das ganze Ausmaß ihrer Kräfte zu entdecken. Das könnte Paige vielleicht übernehmen.«

»Was könnte Paige übernehmen?« Soeben war ihre Halbschwester in der Tür erschienen. »Warum liegt ihr beiden nicht mehr im Bett? Seid ihr nicht ganz bei Trost?«

»Das könnten wir dich auch fragen«, sagte Phoebe lachend.

»Ganz bestimmt *nicht*«, erwiderte Paige. »Keine Fragen, bevor ich nicht meinen Kaffee intus habe.« Genüsslich schenkte sie sich eine Tasse ein und setzte sich. »Also, was soll ich machen?«

»Ich dachte, du könntest C.K. ein bisschen beraten«, erklärte Piper, drehte den Wasserhahn zu und trocknete sich die Hände ab. »Du weißt schon, du könntest sie in die Magie einweisen. Sie hat einiges aufzuholen.«

»Ich weiß, wie sie sich fühlt«, bestätigte Paige. »Sicher, ich helfe ihr gern. Sie kommt doch morgen früh zu uns, oder?«

»Genau«, nickte Phoebe. »Ich habe sie zwar nicht gern allein gelassen, aber es schien nur allzu richtig, ihr und Jace so viel Zeit wie möglich zu lassen.«

»Apropos Jungs – wo sind denn die beiden, die sich sonst immer hier rumtreiben?«, fragte Paige.

Piper verdrehte die Augen. »Es ist kaum zu glauben, aber der *Hohe Rat* hat Leo in aller Frühe antanzen lassen. Ich hoffe, die sind nicht zu streng mit ihm«, sagte sie und warf einen Kontrollblick in den Ofen. Der Kuchen begann gerade aufzugehen. Ein köstlicher Duft breitete sich in der Küche aus.

»Cole ist raus zum Laufen«, erklärte Phoebe. »Aber erst, nachdem er noch mal unter dem Beifahrersitz des SUV nachgesehen hat. Ich glaube, er fürchtet immer noch, das *De Vermis Mysteriis* könnte zurückkommen.«

Auf dem Rückweg nach Hause hatte Cole in der vergangenen Nacht festgestellt, dass das Buch weg war. Nach Leos Ansicht war es zusammen mit den Gebrüdern de Vermis verschwunden. Davon war Cole jedoch nicht so recht überzeugt. Paige hatte die Diskussion schließlich mit der äußerst treffenden Bemerkung beendet: »Ob es wiederkommt oder nicht, wird die Zukunft zeigen.«

»Mokkakuchen«, rief Paige plötzlich. »Jetzt rieche ich es!«

Piper drehte sich lächelnd zu ihr um. »Da bist du jetzt erst drauf gekommen?«

»Immer schön langsam. Mein Geruchssinn wird gerade erst wach. Ich liebe deinen Mokkakuchen, Piper. Er ist der beste von allen!«

»Eigentlich ist das Rezept von Grams. Und es war auch Prues Lieblingskuchen«, sagte Piper nach einer kleinen Pause.

»Oh«, machte Paige. »Okay, damit kann ich leben. Etwas zu mögen, was Prue mochte, ist ein gutes Gefühl. So fühle ich mich irgendwie mit ihr verbunden.«

»Du bist mit ihr verbunden«, erwiderte Phoebe. »Wie Piper und ich. Und auf dieselbe Weise, wie wir drei miteinander verbunden sind. Deshalb sind wir ja auch die *Zauberhaften*.«

»Heißt das, ich kann das größte Stück haben?«, fragte Paige.

Piper lachte. »Das hat Prue auch immer gefragt«, erklärte sie. »Und meine Antwort ist die gleiche.«

»So etwas wie ›Ja natürlich‹?«, fragte Paige hoffnungsvoll.

»Du kannst den Tisch decken«, entgegnete Piper.

Paige stöhnte in gespielter Entrüstung auf.

»Ich helfe dir«, bot Phoebe an und legte ihr einen Arm um die Schulter. Erwartungsvoll sahen die beiden Piper an.

»Schon gut, ich habe verstanden! Ich helfe auch mit.«

»Die guten Teller?«, fragte Paige.

»Die allerbesten«, bestätigte Piper.

Gemeinsam machten sich die Zauberhaften an die Arbeit und freuten sich über den strahlenden Sonnenschein, den der neue Tag ihnen schenkte.

Neue Abenteuer der Zauberhaften!
Die Charmed-Bibliothek, Bd. 19–22

ISBN 3-8025-2992-8
Phoebe und Cole –
Gesichter der Liebe

ISBN 3-8025-2993-6
Die Saat des Bösen

ISBN 3-8025-2996-0
Dunkle Vergeltung

ISBN 3-8025-2997-9
Schatten der Sphinx

Egmont vgs verlagsgesellschaft, Köln

www.vgs.de

Neues von den Zauberhaften!
Die Charmed-Bibliothek, Bd. 23-26

ISBN 3-8025-2966-9
Hexensabbat in Las Vegas

ISBN 3-8025-3217-1
Begegnung im Nebel

ISBN 3-8025-3213-9
Die Söhne Satans

ISBN 3-8025-3214-7
Hexen in Hollywood

Egmont vgs verlagsgesellschaft, Köln

www.vgs.de

Die Macht der *Drei* geht weiter ...

ISBN 3-8025-3258-9
Tod im Spiegel

ISBN 3-8025-3303-8
Der Fluch der Meerjungfrau

ISBN 3-8025-3257-0
Im Reich der Schatten

ISBN 3-8025-3302-X
Das Orakel der göttlichen Drei

Egmont vgs verlagsgesellschaft, Köln

www.vgs.de

Magisch! Mystisch!
Mädchenstark!

Das erste Mädchen-Magazin voller Magie und Zauber.

Mit spannendem **Comic**, interessanten **Tests**, großen **Gewinnspielen**, tollen **Styling-Tipps** und magischen **Extras** ...

... für dich und deine Freundinnen.

www.witchmagazin.de

Jeden Monat neu bei deinem Zeitschriftenhändler!

© Disney

BIG IN POSTERS, SHIRTS & MERCHANDISE

Suchst du Fan-Artikel zu Kino & TV-Serien?

ANGEL • BUFFY • CHARMED • SMALLVILLE UND VIELES MEHR!!!

Gleich GRATIS-KATALOG anfordern!

MIT ÜBER 5000 ARTIKEL. VOLL FETT! VOLL FARBIG!

Hotline 01804-450 450
0,24€/Anruf

bitte Stichwort "VGS" angeben

www.closeup.de

CLOSE UP POSTERS, ZEPPELINSTR. 41, D-73760 OSTFILDERN